DRIFTING AWAY

陈 枰 著

作家出版社

图书在版编目（CIP）数据

漂白 / 陈枰著 . -- 北京：作家出版社，2022.3
（2025.6重印）

ISBN 978-7-5212-1766-7

Ⅰ . ①漂… Ⅱ . ①陈… Ⅲ . ①长篇小说 – 中国 –
当代 Ⅳ . ①I247.5

中国版本图书馆CIP数据核字（2021）第281373号

漂　白

作　　　者：陈　枰
责任编辑：韩　星
装帧设计：刘红刚
内文设计：中作图文
出版发行：作家出版社有限公司
社　　　址：北京农展馆南里10号　　邮　　编：100125
电话传真：86-10-65067186（发行中心）
　　　　　　86-10-65004079（总编室）
E-mail:zuojia@zuojia.net.cn
http://www.zuojiachubanshe.com
印　　　刷：河北鹏润印刷有限公司
成品尺寸：142×210
字　　　数：135千
印　　　张：6.75
版　　　次：2022年3月第1版
印　　　次：2025年6月第4次印刷
ISBN 978-7-5212-1766-7
定　　　价：36.00元

1

雪城多雪，北回归线以南，秋阳似火；以北，寒风刺骨，江河封冻。雪城的雪，不是矜持地飘，是粗暴地泻，老天爷端着个大盆，从天上往下倒。狂躁的雪瀑布，瞬间让原野一片素白。我生长在雪城，从小喜欢寒风打脸的滋味。沾冰挂雪的冬季运动，哪一项都被我干得服服帖帖的。

我不是运动员，我是一个警察，我叫彭兆林，当警察是我父亲的意愿。我从小精力过盛：爬墙上树，堵烟囱揭房瓦，往仇家的门上甩屎……如果一连三天没人上门告状，我妈都会觉得太阳从西边出来了。高考报志愿，老爷子逼我报了警校，说不给我戴上紧箍咒，一步走歪，就出溜到邪道上去了。警校毕业，从基层干起，派出所、经侦、刑警，一步一个脚印，现在我是雪城公安局刑警大队的探长。

前不久，接了个案子。一伙西南山区里的农民，结伴跑到雪城来，在二十几层高的楼墙外，一个窗台一个窗台徒手攀爬，进行入室盗窃。对他们来说，进二十层和进一层一样简单。盗窃得手，再顺原道爬回来。我们蹲守了三十六天，把案子破了。审讯时，嫌疑犯说，村里有个"能人"领着他们进行的攀爬训练，山里太穷了，他没别的本事，领着大家脱贫致富。

三十六天，不脱衣服不洗澡，身上的大小关节都锈死了。完成任务的第二天，我立刻组织了一场冰球赛。刑警队的弟兄们，穿球刀挂护具，兵分两队，我带一队，杨博带一队，两队十二人，每组六个队员，在冰球场上激烈地厮杀着，双方队员身体不断发生猛烈的碰撞。这不是比赛，是一场歇斯底里的宣泄，十二条粗嗓门发出的吼声，震得人耳膜嗡嗡响。

冰刀在冰面上速度极快地滑行，发出清脆悦耳的响声。冰球在球杆的抢夺带动下，曲折迂回地往前冲。

"线路！线路！选择线路！"我扯着脖子喊。

顾京把冰球传到我的球杆下，我挥杆射门。杨博一个漂亮的扑救。球被他死死地握在手里。奶奶的！在球场上，这小子是我的天敌。

看球的人敲打着护栏喊叫欢呼。斗志充斥在周身的每一个角落，我率领队员发起边角进攻，我叫大家保持阵型。

冰球又一次传到我的脚下，我一记穿裆球，把冰球射入球门。看台上的人吹口哨，喊叫。还有人把矿泉水瓶子扔进场子里。

杨博冲过来，把我扑到了护栏上。我摘下头盔问："干一架吗？"

"干啊！"杨博回答得相当干脆。

我俩把头盔、冰球杆、手套，甩落在冰面上。看热闹的不怕事大，观众席上的人，兴奋地、有节奏地敲响护栏助威。我和杨博相爱相杀厮打在一处。彭队和杨队的守门员两腿伸直，无比放松地坐在球门口，看着我们打。我和杨博打得翻到护栏外面去了，被球员和围观者拉开。

我拍拍杨博的肩膀说："有进步，兄弟！"

杨博回嘴道："再有两拳就干翻你了。"

"吹！小心风大闪了嘴！"我说。

从球场出来奔桑拿，把周身的毛细血管扩张一下，除掉三十六天积攒的垃圾。汗蒸房里，弟兄们赤身裸体，大汗淋漓，七嘴八舌地议论着刚才的冰球赛。

顾京批评林晖："你们队的人举杆过肩，用膝盖顶人，赢得不光彩。"

"你们队的人拿胳膊肘撑人，用冰球杆戳人，哪只手也没闲着。"林晖反唇相讥。

杨博说："对咱们刑警队来说，冰球赛打架才是看点，打球那叫中场休息。"

男人们起哄："对！说得太对了！"

蒸出来的热汗，顺着我的脸流到胸口，我靠着木板墙，看着屋顶发呆。

杨博捅了我一下问："想啥呢？"

"能想啥？没白没黑地蹲守了一个多月，脑袋成了空心倭瓜。"

杨博二话不说，回手舀了一瓢水泼在滚烫的石头上，刺啦一声响，热浪扑面而来。墙上的温度计飙升到五十五度，我受不住这个温度的烘烤，冲出汗蒸室。我听到那小子在我身后哈哈坏笑。

冲到院子里，我扑通一声跳进了凉水池子。七度的水温，激得我全身肌肉紧缩，随后慢慢舒展，血液顺畅地在周身的血管里流淌起来。我脸朝上躺在水面上。大片的雪花飘飘洒洒地落在我的脸上。我冲着夜空扯着嗓门喊："舒坦！舒坦啊！"

程果说我是火人，她说："你脚下蹬着风火轮，心里揣着炭火盆，如果在你的屁股后面划根火柴，你会'嗖'的一声，窜天猴一样上天了。"

程果是我老婆，她长相秀气，看上去小巧玲珑，发起威来声势浩大。我俩在一个幼儿园里长大，小学、初中、高中在一个班。她从小不爱跟女孩子玩，喜欢跟在男孩子的屁股后面跑。我们跟外院的孩子打架的时候，她站在一边给我递砖头。这是我喜欢她的一个重要原因。

程果喜欢我，是从喜欢我的手开始的。她说，我的手长得比脸好看，骨骼结实，十指细长。貌似养尊处优，实则灵巧能干。冬天我带她出去滑雪，她怕冷，手很快就冻僵了。我摘下手套给她暖手，她冰块一样的小手，在我掌心里由硬变软渐渐融化了。后来她说，你的两只手烫得像烈酒开了锅，暖流瞬间窜遍全身，高度的老烧锅子上了头。我就这么稀里糊涂地嫁了。

程果在财贸学校学的是会计，毕业后跟同学合开了一家布艺商铺，制作沙发套、窗帘、床罩，生意不错。我俩结婚一年后，有了一个儿子。儿子的名字取自我俩的姓，叫彭程。彭程从会走路开始，我就带他从事户外活动。杜绝"娘炮"，必须从儿童抓起！打冰球、滑弯道速滑、踢足球，我儿子都做得有模有样。

警察这个职业，是好人和坏人中间的一堵墙，面对的是社会上的黑暗面。我妈经常就点着我的脑门教育我，有毒的犯病的你都不准进嘴！所以我从来不跟他们做钱财方面的交易。新桥是我的辖区，是墙的另一边。这里拉活的、摆摊的、卖早点的都跟我熟，大家不分长幼都叫我新桥二哥。我在家里并不排行老二，他们是根据桃园三结义中关羽的名号叫的，含忠义、仗义、守信之意。我这个人性子直，喜欢一条道跑到黑，不太招人喜欢。不过话又说回来了，我又不是人民币，怎么可能让人人都喜欢呢？

我当刑警以后破案率高，受过多次嘉奖。碧水家园的碎尸案，最终让我败走了麦城。

2

2002年9月1日，碧水家园五号楼一单元一楼中户的老裴家的马桶堵了，一股一股的脏水，从马桶里面冒出来。老裴边用撅子疏通马桶，边骂总往马桶里倒剩饭剩菜的老婆。老婆见丈夫不管用，立刻打电话请来专业人员。

疏通工人把细长的工具伸进马桶深处，插上电源按动开关，疏通工具快速转动起来，一团一团漂着油珠的碎肉被搅上来。这边疏通，马桶里继续往上返脏东西。

"看见没有，这根本就不是剩饭剩菜，这是楼上倒的肉馅。"老婆的腰杆子硬了起来。

老裴蹲下来仔细查看，嘴里叨咕着："好日子才过了几天，就烧得不知道东南西北了？好好的肉馅往马桶里倒。"

疏通工人大致估量了一下，说："没有二十斤也有十五斤，咦？头发也往马桶里倒？"他停住手，用棍子扒拉肉馅里的那团长发，几片粉红色的东西掉出来。疏通工人惊讶地问："这是什么？不太像生活垃圾。"

裴妻小声说："好像是涂着粉红色指甲油的指甲。"

疏通工人大惊失色，立刻扔下工具，掏出手机打电话报了警。110巡警很快到了，一番勘查后，觉出情况严重，迅速通知了刑警大队。

五号楼一单元顶楼住着四个人：为首的叫邓立钢，身高一米八五，浓眉大眼，皮肤浅黑，看上去壮硕有力；石毕中等身材，头发微卷，皮肤白净；宋红玉个子不高，梳着一条齐腰长的马尾辫；吉大顺头发稀疏，身材矮胖。他们正在临街的一家饭馆里吃饭。羊蝎子火锅热辣，冰镇啤酒爽口。吉大顺吃饭一贯速度快，他撂下筷子用餐巾纸擦着嘴说："我去加点油，你们打车回去吧。"

宋红玉翻了他一眼："打啥车，你回来接我们。"

吉大顺说："附近加油站的油贵，我得往远点开。"

邓立钢朝他挥挥手说："别又一竿子支没影了。"

吉大顺答应一声走了。

石毕闷声不响地喝啤酒，邓立钢皱着眉头，啃干净了一块羊蝎子，用餐巾纸擦干净了手。

"咱们回吧。"邓立钢说。

"锅里还有这么多内容呢，不着急，吃光了再回去。"宋红玉用筷子搅和了一下沸腾着的火锅说。

邓立钢说："活没干完，心里不踏实。"

三个人走到碧水家园小区门口，看见五号楼一单元楼门口拦起警戒带，旁边停着警车。他们立刻站住脚，不再往前走了。

楼门口聚集了很多围观的人，人肉、头发、指甲等词零零散散地从他们口中飘过来。邓立钢冷静地观察四周，110来了两个巡警，一个守着案发现场，一个坐在车里打电话。邓立钢叮嘱石毕和宋红玉，到五号楼的后面接应，他趁乱上了楼。邓立钢一步两级台阶，蹦着往楼上蹿。

我接到报警，开着警车进了碧水家园小区，杨博和葛守佳跟我出的现场。巡警边跟我们介绍情况，边跟着我们进了楼道里。

邓立钢蹿上顶楼，进了502房间，他用最快的速度，把衣柜、抽屉里重要的东西塞进一个大旅行包，重新翻看被褥下面，看有没有落下的东西。他再次打开衣柜的门，确认里面已经全部清空。邓立钢拎着旅行包来到后阳台，打开窗子，把大旅行包从后阳台扔下楼去。守在楼下的石毕和宋红玉，立刻捡起地上的旅行包离开。

我看了现场，吩咐疏通工人把下水道里遗留的物证全部掏出来，交给现勘组保管。我决定去楼上看看，在二楼的楼梯拐弯处和邓立钢碰面了。这小子双手插在裤兜里，与我擦肩而过。我本能地停住脚，回身叫住他："喂，你住在这个单元吗？"

"你谁呀？"邓立钢眉头紧皱，一脸的不耐烦。

我掏出警官证给他看，他的神情缓和下来，语气轻松地说："我住三楼。"

"哪个房间？"我问。

"301，哎，下面怎么了，这么热闹？"邓立钢伸脖子往楼下看。

我的眼睛盯着邓立钢的脸，他收回视线，目光不躲不闪地看着我。301跟102用的不是一根下水管道，这个念头在脑中一闪，我没有回答他的问话，快步往楼上走。他下楼去了。

石毕和宋红玉拎着旅行包绕到五号楼前。车里的巡警下来，拦住了他们。

巡警问："你们是这栋楼的住户吗？"

"不是，是后面的那一栋，三号楼。"石毕语气轻松，表情相当自然。

巡警看了一眼他们的旅行包问："这是要去哪儿？"

"跟旅行团去广西五日旅游。"石毕说。

宋红玉埋怨说："就你磨磨蹭蹭，导游说就等咱俩了。"

石毕伸脖子往五号楼门里看，好奇地问："这里出什么事了？"

这时，石毕看到邓立钢从楼道里跑出来，穿着警服的葛守佳紧随其后。宋红玉心头一紧，看了一眼石毕。石毕一只手插进裤袋里，紧紧握住一把瑞士军刀。

葛守佳冲巡警招招手，大声说："你过来一下，有事问你。"

巡警放过了宋红玉和石毕，跟着葛守佳进楼道里面去了。石毕和宋红玉立刻离开了五号楼，快步往小区外面走。邓立钢加快了脚步，紧随他们出了碧水家园小区。

吉大顺加油回来，开到小区门口，看到里面有警车，立刻掉头把车停到小区后面的停车位里面，不熄火听着小区里面的动静。

看到邓立钢、石毕和宋红玉一溜小跑绕到小区后面来，吉大顺鸣笛两声，把汽车开出了停车位，三人立马上车。汽车拐上路，吉大顺一脚油门，一溜烟开走了。

邓立钢拍拍吉大顺的肩膀夸奖说："大顺，你应急反应的段位提高了。"

"屋里的东西没落下啥吧？"吉大顺问。

石毕心里咯噔一下，想起来塞进大衣柜和书橱夹缝里面的那个东西落下了。

邓立钢说："粗心大意是砍头的利斧，每一步都要走仔细了，前往马虎不得。仔细想一想，房间里你们没落下啥吧？"

"我的早就弄干净了。"宋红玉看着窗外说。

吉大顺回答得更干脆，他说："全身上下，除了我是真的，其他一切都是假的。该销毁的我一样也没留。"

邓立钢说："石毕心细，不用我叮嘱。"

石毕转移了话题，问："你觉得楼梯上拦住你的那个警察，会怀疑你吗?"

邓立钢说："当时没有怀疑，事后肯定会后反劲。"

　

上到顶层，我还没有后反劲。一股股怪异的气味，从502户的门缝里飘出来。敲门没人应声。我一脚把门踹开了。

弥漫在房间里的气味浓烈噎人。卫生间的门敞开着，墙面上四处是喷溅性血渍。地面汪着血水，蕾丝乳罩、丝质内裤被扔在地上。洗漱台上摆着砍刀、菜刀、大号克丝钳子，人体的白骨被铰成段，整齐地排列在一旁。紧挨着浴缸的绞肉机里，存放着没有绞碎的肉块;浴室的晾衣杆上挂着两副新鲜的内脏。

我脊梁骨缩紧，头皮一阵发麻，嗅着怪味进了厨房。煤气火开着，灶上放着一口不锈钢的高装锅，蓝色的火苗舔着锅的底部，浓烈呛人的气味就是从那口锅里飘出来的。掀开锅盖，两颗露骨的人头在浓汤里上下翻滚着，肉已经在花椒、大料、茴香等作料中煮飞了。杀人的现场我去过很多次，这么血腥的现场，还是第一回见。

刑警们仔仔细细搜查作案现场，我和葛守佳逐门挨户问询调查。301室里面出来了一个老太太。老太太说："家里只有我们老两口，老头瘫痪了四年，不能下床走动。"

跟着老太太进了她家卧室，她的老伴儿，瘦得只剩下一把骨头，躺在床上，眼巴巴地看着我们。

"他瘫痪了四年，不能说话，也不能下床走动。"老太太的语气很平淡。

"你有几个孩子？"我问。

"两个儿子，一个在俄罗斯做买卖，一个在海拉尔倒腾皮货。"老太太答。

我问："刚才下楼看热闹的那个小伙子，是你家啥亲戚？"

老太太愣了一下："你是说刚才？"

"嗯。"

"刚才我家没有人出去啊，再说了，我是外省迁来的，在雪城一个亲戚都没有。"

我那根绷紧的神经弹了一下，挽成一个死结，沉甸甸地压在心头上。我真该狠狠抽自己一个嘴巴子，头号嫌疑人就这样在我的眼皮底下大摇大摆地走出去了。

这时候，吉大顺开的车已经出城，进入收费站。车上的气氛紧张起来，四个人谁都不说话了。他们心里明白，警方一旦反应过来，打电话给出城的各个关卡要道，他们将插翅难逃。邓立钢一只手塞进挎包里，眼睛看着窗口里的收费员，身体绷直了，一副蓄势待发的架势。

女收费员从窗子里伸出一只手，手里拿着发票："三十。"

吉大顺递给收费员三十块钱，接过来发票。栏杆抬起来放行，车子稳稳地开过了收费站。邓立钢身子往后一仰，靠在车座上，他把塞进包里的手拿出来，包里装着一把明晃晃的砍刀。

邓立钢笑了，从后视镜里看了石毕一眼说："那个警察到现在都没有反应过来。"

唉，等我反应过来，等我把追捕的任务布置下去，黄瓜菜已经凉了。我两眼冒火，胸口滚烫，跟住户要了两块冰塞进嘴里降温。

浴室的墙上留有两枚指纹，是两个男性的，其他有用的线索没有找到。我不死心，重新打开衣柜门，一格一格地细查，依旧一无所获。我死死地盯着那个大衣柜，眼珠子挖不出来就用手，我扶住大衣柜，用力挪动它。紧挨着大衣柜的书柜晃动了一下，一个小东西掉进夹缝里。捡起来看，是一个驾驶证。驾驶证里夹着一张字条，上面有一个电话号码。驾驶证的主人叫石毕，二十八岁，一副知识分子模样。

当初，邓立钢再三勒令身边的人，销毁一切能查出他们身份的证件。石毕实在舍不得辛苦考来的驾照，悄悄留了下来，每到一处，就偷偷摸摸地藏起来，撤离的时候再拿出来带走。这样的举动他重复了很多次，从来没失过手，这一次逃离得太仓皇，他没有机会进屋取走，给重案组留下了一条重要线索。

房主是一个中年女人，瘦得像被风干了的腊肉。她说："这套房子租出去了，一个月一千五百块钱。租期三个月，眼下还没有到期。"我问租房手续,她说,租户只给留下了李建峰这个名字和身份证号码,没有身份证复印件。

"他是个什么样的人?"

"一米八冒头,浓眉大眼,挺壮实,咱们雪城口音。"

"跟他住在这里的是什么人?"

"他说,自己住。"

李建峰身份证号码所在地是雪城远郊。通过户籍查询,我找到李建峰的电话号码。拨通了电话后,李建峰态度很差,上来就问:"你是谁?"

"我是公安局的。"

李建峰开口就骂:"滚你妈×远远的,你拿公安局吓唬谁?"

"我是警察!"

"警察多你妈×啥了?"

我火了,放下电话,开车直奔远郊。

四十岁的李建峰穿着一件破秋衣,在屋门口挥着斧头劈柴。他见有车停在他家院子前,直起腰看。我推门进了院子,亮出证件给李建峰看。

我说:"我就是那个警察,我开车过来听你骂。"

李建峰立刻怂了,连声讨饶。他解释说:"屁股后面一堆讨债的,日子过得不顺畅,以为又遇到了电话诈骗。心里恨得不行,就顺着电话线骂过去了。"

我问:"你的身份证在身上吗?"

"丢了,丢了好几年了。"

我没有再跟他啰唆，找村委会主任和负责这一带的片警问询。经过深入细致的调查工作，确认这个李建峰不具备作案时间，排除了他的嫌疑。

案发现场有两副女性内脏，我们迅速查询辖区的咖啡屋、酒店、旅店、足疗店、网吧，是否有失踪的女性。消息很快反馈回来，雪城绿岛大酒店有三个女性失踪：一个叫刘欣源，一个叫黄莺，一个姓宋。三个人都没有身份证，也不知道家在何方。

我带人赶到绿岛大酒店，在监控里查到刘欣源、黄莺和宋姓女子视频画面。三个人有说有笑，从酒店的大厅里走了出去。定格拍照发现，刘欣源身材丰满，宋姓女子长发齐腰，那个叫黄莺的女孩，个子不高，左手腕上戴着一个镶着红玛瑙的银镯子。

酒店保安反映，有个身材魁梧的男人，几次来酒店找过宋小姐。视频监控拍到了他的侧面图像，他就是在碧水家园楼梯上跟我擦肩而过的那个男人！

我把视频照片打印出来揣在身上。两枚指纹中的一枚经查，跟一个叫邓立钢的指纹高度重合。五年前，他因打架伤人在派出所留下过案底。看照片认出来，他就是我心中的那个死结。房主仔细辨认过照片后也认定，他就是那个租房的"李建峰"。

案发现场驾驶证里夹着的字条上有个电话号码，我打过去是一个叫刘亮的男人接的。他是刘欣源的父亲，在济北市一家工厂的保卫科工作。三天前他接到女儿的电话，她在电话里哭号，说被打缩骨了，快寄钱救她。刘亮不敢报案，疯了一样四处筹钱，三天里寄过去七万元。接到我的电话后，他连夜乘火车往雪城赶，没买到坐票，站了整整一宿。

我把现场遗留的衣物和首饰给他看，刘亮不能肯定其中有女儿的。我跟他说，要做DNA鉴定。"这是干啥？"他问。

我说："确认死者跟亲属的关系。"

刘亮像迎头挨了一闷棍，腿一软差点坐在地上，他两手死死按着椅子扶手，声音颤抖着问："我闺女没了？"

"要确定是不是她，必须做亲子鉴定。"我说。

"我的闺女我认识。"刘亮挣扎着把话说出了口。

我沉默着，不知道该怎么把尸体没了，只有内脏的话说出口。

刘亮像是安慰自己，他自言自语道："我心里有数，不是欣源，百分之百不是！"

在绿岛大酒店工作的两个女孩子来到公安局证物处，辨认碧水家园碎尸现场的遗物。一个女孩子认出来黄莺的衣物和首饰，她说："我俩住一个宿舍，她的东西我认识。"跟刘欣源住一个宿舍的女孩子，确认了刘欣源的衣物。宋姓女子跟谁都不熟，没人知道哪件东西是她的。

刘亮的DNA鉴定结果出来了，工作人员把鉴定书拿给我。

鉴定书上写着：在十五个STR基因座中，均无基因型不符者，故不可排除亲子关系。刘亮问我："上面说什么？"

"两副内脏中，有一副是你女儿刘欣源的。"我尽量把语气放轻。

刘亮身子晃了两下，一头栽倒了。

黄莺的亲属无处查询，没有人为她善后。刘亮说，这姐俩是一块死的，在阴间好歹还是个伴儿。他把两副内脏领了，火化后放在一个白色瓷罐里，带回家去，入土为安。刘亮离开的时候，我把他送到火车站。刘亮满面悲戚，一只手抱着那个白色瓷罐，一只手紧紧握住我的手。

我明白他的意思，说："我答应你，我只要还有一口气在，就一定破了这个大案!"

三个同时消失的女人，两个死者已经确认。宋姓女子下落不明，若是被绑架，那就是留了活口以备后用，否则就是同谋。不管怎么说，一定要找到她。酒店保安说，宋姓女子浓重的桦原口音，我立即联系桦原公安局，层层深入摸底调查。消息反馈回来，宋姓女人叫宋红玉，在外省打工，母亲去世，家里只有父亲和弟弟，近期跟家里没有任何联系。

3

我埋头破案，一连十天没有回家，程果一个电话也没给我打。雪城发生碎尸案电视里播了，她知道我在忙啥。进家，我洗了个澡。立刻觉得周身无力，散了架一样歪在沙发上。儿子彭程身子往前挪了挪，给我让开点地方。这小子全神贯注地玩着游戏机，我伸手揉揉儿子的头发，他晃着脑袋，躲开了我的手。厨房里飘出来饭菜的香味，激活了我的味蕾，肚子里肠鸣滚滚。

"彭兆林拿碗筷准备吃饭。"程果在厨房里喊。

我觉得奇怪，从进门洗澡到躺在沙发上，我就没说过一句话，她怎么知道我回来了？我起身进了厨房，程果戴着围裙在灶前炒菜。"走路脚都抬不起来了，擦着地皮往前蹭。"她扭头看了我一眼，"咦？你怎么露骨露相的，没捞着觉睡吧？"

我从菜板上拿起黄瓜尾巴放在嘴里嚼着，问她："我一连十天没有回家，你一个电话也没给我打。这么明事理咋想的？"

"你心里装着碧水家园的重案，哪还挤得下我们娘俩？"说话的时候，这女人连眼皮都没抬。

"发牢骚？"

"我不能发牢骚吗？"她两眼一翻反问我。

"能啊，问题是牢骚能当日子过吗？"

程果思忖片刻，晃了一下脑袋说："说得对，牢骚这东西，既然不能当男人使唤，我干啥还搂着不撒手？"

我一把把她揪过来搂进怀里，咬牙切齿地说："我老婆说话，永远这么筋道耐嚼。"

"你松开。"程果挣扎。

松开？这才哪儿到哪儿？我双臂一使劲，勒得她吱哇乱叫。

儿子跑进厨房，两眼瞪着我。我讪笑着松开手。程果从砂锅里舀汤，吹凉了让我尝。

"淡了。"我吧嗒吧嗒嘴说。

程果往锅里添了一点盐。

我伸手摸了摸儿子头说："我们每一个干警的身后，真的都应该站着一个你妈这样大包大揽的女人。"

彭程一点不客气地扒拉开我的手说："你大包大揽，说帮我提高短道速滑成绩，算了不说，说了不算。"

"赛完了？"我问。

彭程白了我一眼，转身走了。

程果小声对我说："没进决赛。"

桌上摆着三菜一汤。程果还在厨房里忙活，我跟儿子坐在餐桌前等待开饭。我用两根筷子做道具，给彭程讲短道速滑中必须注意的事项。他两眼盯着我全神贯注地听着。

我说："要想提高速度，必须加强体能训练，长跑锻炼耐力，储备体能。短跑训练提高短时间内的爆发速度。还有就是起步很重要，一定要注意技巧。在标准起步姿势下，单腿站立往下蹲。"

理论太枯燥不够用，我站起身给儿子做示范，彭程学得很认真，我们爷俩弓腰屈膝，支腿拉胯地在地上奋力划拉着。

程果端着一碗红烧肉进来说："绊脚不绊脚，吃饭！"

桌上摆着四菜一汤，大碗里的肉红润透亮，香气袭人。儿子夹起来一块放进嘴里，美滋滋地嚼着。

"好吃吗？"程果问。

彭程夹起了第二块说："妈妈，再甜一点儿就更好了。"

碧水家园502室的血腥画面，突然浮现在我的脑海中。我心里一阵翻腾，忍了两下没忍住，还是冲到卫生间里吐了。

程果觉得我的脸色不好看，关切地问："怎么了，胃不舒服？"

我咬着牙根说："估计我得把肉戒了。"

碧水家园小区碎尸案，被命名为1103大案。此案件的重要线索之一是那个驾驶证。经过调查，驾驶证不是伪造的。石毕是雪城人，大学毕业。曾在一家大型工厂里做助理工程师，后来因为盗窃厂子里的电缆线卖钱，被工厂开除。跟他来往最多的人正是邓立钢。邓立钢被拘留前，也是这个厂子的工人。两人合伙做生意，常年不在雪城。这小子行踪诡秘，常年不在家，弟弟邓立群犯抢劫罪，在监狱里服刑。家里只有母亲一个人，神经不太正常，无法回答问题。

重要线索之二是刘亮往里打钱的银行卡。这张卡是用李建峰的身份证办的，里面还有十万块钱没有取。他们犯罪的重要动机是钱，我料定这几个家伙不会轻易放弃这笔钱。我打算赶鱼入网，对邓立钢和宋红玉两家的固定电话进行了监听。

银行的监控信息很快反馈回来了，有人在张家口用这张卡取钱。我像弹簧一样蹦了起来，跑到门口，又转身回来。今天是星期六，必须等到周一才能行动。局领导上班开会研究，批准行动，确定人数，批准经费，去财务签字领钱……这一套程序缺哪一个环节都不行。我急得嗓子冒烟，干跺脚挪动不了身子。

　　雪无声无息地下着，老天爷不急不躁，我坐立不安，索性出门在雪地里长跑，鼻子和嘴里呼出的哈气给眉毛、睫毛和毛线帽上挂了一层白霜。十公里跑完了，心里依旧有小火苗在燃烧。推门进了路边的小卖部，店里没有顾客，老板一个人津津有味地看着电视，播出的是电视剧《黑洞》。

　　"老板，有啥凉的?"

　　"雪糕，冰啤。"老板说。

　　"嗓子冒烟，想来口冰水。"

　　"这么着吧，你买一瓶矿泉水，我给你整点冰块。"老板起身招呼我。

　　我把两块钱放在桌子上，老板把一瓶矿泉水、一纸杯冰块递过来。

　　我把矿泉水留下，拿着冰块走了。老板追出来，我冲他摆摆手，他明白我的意思，缩着脖子回屋里去了。我边走边嘎嘣嘎嘣地嚼着冰块，胸口没那么火烧火燎了。

　　当我办完所有手续，带领五个人从雪城坐火车到北京，再倒车去张家口，四天的时间已经过去了。联系银行调出 ATM 机拍下来的录像看，石毕和一个陌生的男人，两人一人守一台柜员机，轮换着用那张卡取钱。两人的照片被我打印出来揣在身上。经查，陌生面孔叫吉大顺，是雪城人，也曾在那家工厂上班。初步判断，这个犯罪集团起码有三个男性嫌犯。

这张银行卡出现在天津，我立刻追到天津，又扑了个空。道高一尺，魔高一丈，邓立钢像一只嗅觉灵敏的老狐狸，危险来临之前，他就意识到了危险，提前一步叼着猎物逃了。钱一笔一笔地减少，银行卡到上海，我追到上海；追到镇江，追到苏州……围着长三角跑了一圈，卡里剩下最后的三千元。我和弟兄们不眠不休地在几处 ATM 机跟前守着，苦熬了三天没有动静。住在苏州一家旅社的地下室里，我们吃着方便面讨论案情。我问身边的人，你们说，他们还会冒着风险取走那三千元吗？

顾京脑袋摇成了拨浪鼓，说："换成我，肯定不取了。"

"你呢？"我问杨博。

杨博回答得很肯定："我取，但是不会马上取。"

"你们分析一下，他们还在苏州吗？"

"三个小时前，刚在这里取走两万元，不会这么快离开。"葛守佳说。

我们不知道，邓立钢一伙已经离开了。他们在距苏州五十公里远的无锡，坐在饭馆里吃饭。无锡酱排骨、肉酿面筋、响油鳝糊、太湖三白、无锡小笼包、荠菜馄饨，吃得这伙王八蛋满嘴流油。邓立钢对这次的成功出逃很是得意，他用牙签剔着牙，问了一个我刚问完的问题。

"卡里剩下的三千块钱取不取？"

"蚂蚱再小也是肉。"石毕回答得婉转。

邓立钢拍拍吉大顺的肩膀，示意他看饭店门口的ATM机。吉大顺明白他的意思，扯了一张餐巾纸擦嘴，起身出门去了。他在ATM机上清了卡，取走了最后的三千块钱。

五分钟后，我接到了银行打来的电话，气得七窍生烟。一次五千，十万得提多少回啊？我有二十次抓住他们的机会，因为人手少，眼睁睁地看着他们使用"缩身术"，从我织的网眼里溜了。这次的跨省追捕，我再次败走麦城，铩羽而归。

一股邪火闷在肚子里，我起了满嘴的燎泡。2003年的春节快到了，负责技侦的小朱发了牢骚，说不愿意再守监听这个摊了。我急忙拎了一兜子食物去陪他。

小朱两只脚跷在桌子上，盯着面前的仪器，看见我进来，把脚从桌子上拿下来。

"没吃饭吧？"我问。

"一会儿泡碗方便面就打发了。"

我从兜子里拿出来一瓶白酒、一个红焖肘子和松仁小肚，外加一袋酸黄瓜。

"方便面就算了，桌子上摆着的这些，都是我媳妇做的，你尝尝。"

小朱看见美食，眉眼里都是笑，他伸手抓了一块红焖肘子塞进嘴里，一口下去连声呼香。

"嫂子是哪个饭店的大厨？"

"啥大厨，她的手艺，是给我和儿子做饭练出来的。"

"我媳妇煮粥都能熬煳了。"小朱感叹道。

"你媳妇做什么工作？"

"小学老师。"

"孩子不用找家教了。"

"哪来的孩子？刚结婚一个月，我就被派到这儿来守摊。我守了几个月，空窗期就有多长。老婆在电话里牢骚满腹，我从精神到肉体都需要休整。"

我给他倒了一杯酒："兄弟，再坚持坚持。"

"我坚持管啥用？被监听的一点儿动静都没有，该换别人盯摊了。"

"你们技侦实在抽不出人了。"

小朱不想说话，垂下眼皮嚼肘子，屋内的气氛有点僵。

"来，喝酒。"我说。

他拿起酒杯跟我碰杯，我俩把酒喝了。

我咬了一口酸黄瓜问他："你不是雪城人吧？"

"我是赤峰人。"

"赤峰因为城区东北角有一座赭红色的山峰而得名，对吧？"

"没错。老兄，你懂的可真不少。"提到家乡，小朱的情绪缓和了。

"我从警的时间比你长，当丈夫的年头也比你多。我跟我老婆一个托儿所长起来的，知根知底，就这样婚后也没断了磨合。"我话说得很实在。

"磨合得咋样?"

"离严丝合缝还有距离。"

小朱叹了口气说:"离过年没几天了,我媳妇在电话里再三跟我强调说,这是我跟她过的第一个春节,绝对不能留下空白。"

"哪那么多绝对啊?小朱,你一个七尺高的糙爷们儿,在我跟前磨叽啥第一个,还是第二个?你想没想过?罪犯也是人,也想回家过年。越到这个时候,咱们越要绷紧了这根弦。春节我也不回家,在这儿陪你。以后的假,我出面跟局领导申请,超天数补给你,你带着老婆旅游去。"

小朱比我酒量好,脸越喝越白,他问:"你跟局领导啥关系?说话标尺这么高?"

我说:"你就放心吧,我就是跪地上用膝盖磨,也能给你磨出几天假来。"

小朱笑了:"你是新桥二哥,你的话我信。"

4

雪城的雪纷纷扬扬地下,一尺深的积雪,一点儿也没影响人们购置年货。街道两旁的商铺生意兴隆。人们拎着大包小件出出进进的。程果的那布艺商店里也挤满了人，货架上摆着各种花色的床上用品，不断被人们拿下来挑选。准备结婚的年轻人，挑选被单床罩；买了新房的人，挑选窗帘和沙发套的布料。程果和一个女店员忙得不亦乐乎，彭程放了寒假，家里没人，程果就把他带到店里来，安排在柜台后面写假期作业。晚上下班，再带着儿子一起回去。

晚上程果在厨房里烧肉、蒸花馍，准备过年的吃食。我被她安排在厨房里剁肉馅。我就不明白，明明可以买现成的肉馅回来，为啥非买肉回来让我剁？

她回答得很干脆："回家把肉洗干净了再剁，吃着放心。"

我边剁馅，边酝酿着选个什么时机把话说出来。我把剁好的肉馅放进盆里，问："还干啥？"

"不干啥，你的任务完成了。"

"那我跟你商量个事呗。"

"别跟我说，三十晚上你值班啊。"程果一句话就把我堵进了墙角里。

我眨巴着眼睛看着她。

程果放下手里的活，转过身看着我说："我问过了，今年的三十晚上，不是你值班。"

"确实不是我值班。"我回答得很老实。

程果看着我，等着我往下说。

"技侦的小朱被我留下来监听，我答应三十晚上陪他。"我说。

"那是他的工作，矫情啥？"程果很生气。

25

"小朱刚结婚，被我拖在这里，几个月没回家了。"

"话说得真软和。"程果嘴角挂着嘲讽的笑。

"他不是刑警队的弟兄，我不能来硬的。"

"我跟儿子是你刑警队的弟兄吗？"程果瞪着眼睛看着我。

我不敢接茬了，眨巴着眼睛看着她。

程果说："结婚你没有婚假，生孩子的时候你在外地。家我一个人撑着，儿子我一个人带，兄弟够硬吧？"

"这些事非得每年翻出来晒吗？"我问。

"哪年过年你让我痛快了？"她反问我。

她的话叫我觉得理短，把想说的话生生咽了回去。

程果怒气未消："既然给你惯下这个毛病了，也不指望你改，自由发挥，展翅飞翔吧。爱跟谁过年就跟谁过去，我带儿子去姥姥家。"

"你妈不是在你姐家吗？"我傻呵呵地问。

程果朝我两眼一翻："对呀，我去威海过年，怎么了？"

说完她解下围裙摔在台子上，转身出去了。

三千四百公里以外的岩辉城，冬雨绵绵，完全是另一番景象，小巷里的青石板路被雨水浸润得湿漉光滑。岩辉城的过年气氛很是浓烈，沿街的住户敞着门，路人稍一侧头，就能看见房间里的人在制作老婆饼、麻生糕、金钱饼、炒米糕。

邓立钢一行四人在这座城市里刚完成了一桩绑架案，各负其责，在做收尾工作。吉大顺手里拎着两个黑色的鼓鼓囊囊的塑料口袋，从小巷里溜溜达达地走了出来。小巷很长，岔路很多，小巷两边开着各种商铺。吉大顺走到一家骨头馆门口，他把一只塑料口袋里的骨头倒在门外的骨头堆上，用脚搅和了一下拌匀了，转身离开。石毕从小巷的另一头走出来，他一只手插在裤子口袋里，另一只手里也拿着一个黑色的塑料口袋。他低着头慢悠悠地拐进岔道。

小巷深处，美发店门口的红白蓝三色灯旋转着，店门敞开着，门口排队的长椅上坐满了等待烫头发的女人。美发店的小工把剪下来的碎头发扫到门外，堆在碎发堆里。石毕走过来，很自然地把一个黑塑料口袋，挂在门口的扫把上，没有人注意他的来去。走出去很远，他回头看。看见收头发的走到店门口，跟店老板打招呼。他把门口堆着的碎发扫进一个口袋里，转身要走的时候，发现了门口扫把上面挂着的那个黑色塑料袋。看到店老板没注意，他悄悄摘下来打开看，袋子里装着一条乌黑的长辫子。收头发的人暗中窃喜，急忙塞回口袋，拎着回收的碎头发溜走了。

邓立钢从街上回来，一眼瞥见马路对面，吉大顺拎着塑料袋，跟着一辆拉垃圾的卡车走。邓立钢立刻明白这小子想干什么，他站下脚，盯着他看。垃圾车停住，司机下来把路边的垃圾桶装上车。垃圾车缓慢开动，吉大顺快走几步，把手里的垃圾袋子扔到车顶上。垃圾车开动，黑色垃圾袋站立不稳滚落下来。吉大顺捡起来，追上车重新扔了上去。他拍拍手上的土，没事人似的走了。

邓立钢在心里骂了一声，跑起来追车。垃圾车隔在中间，吉大顺没有看到他。

垃圾车加快了速度，邓立钢一脚踹开路边的一辆自行车，跳上去撅着屁股，玩命追前面的垃圾车。邓立钢一边蹬自行车，一边盯着垃圾车顶上的那个黑色塑料袋。垃圾车拐弯的时候，塑料袋摇晃两下，从垃圾车上掉下来。黑色塑料袋在马路上弹了几下，滚到了路边。邓立钢跳下自行车，捡起那个塑料袋，头也不回地走了。自行车躺在路边，车轱辘缓慢地转了几下停下来。

石毕在做最后一道工序，他戴着胶皮手套，往墙壁的瓷砖上喷消毒液，浴缸和地面已经收拾利索。他点着了一根烟，深深地吸了一口，走出了卫生间。宋红玉在厨房里洗菜切菜，吉大顺走进厨房，看她做饭。

吉大顺说："我刚才在街上走了一圈，打听过了，这个地方过年，桌上要有年糕、红糟鸡、鱼丸、肉燕。年夜饭第一筷子要夹皇帝菜，就是菠菜；红糟鸡汤泡的面线上面，加两个鸡蛋叫太平面，是保平安的。要不，咱也弄一个？"

邓立钢黑着脸进来，他一把揪住吉大顺的脖领子，把他从厨房里拽了出去。宋红玉不知道发生了什么事情，跟了出去。客厅的地上，扔着一个圆鼓鼓的黑色塑料袋，吉大顺顿时明白东窗事发了，耷拉着脑袋一声不敢吭。

邓立钢压低声音骂道："一尺的脑袋硬从半尺的洞里

钻出来，我再牛×，都没有你狗日的鼗得出来。整个的人头骨往垃圾车上扔，你想要老子的命吗?"

吉大顺刚嘟囔了一句:"我觉得……"

邓立钢一个嘴巴子扇过去，吉大顺撞在墙上。邓立钢又狠狠地踹了他一脚。吉大顺两手捂着肋骨跌坐在地上。

石毕走过来，拎起那个黑色塑料袋说:"我去处理吧。"

"他的活，让他干!"邓立钢的口气很硬。

石毕看了一眼吉大顺，说:"他的肋骨可能折了。"

"只要还喘气，他就得把拉的屎给我铲干净了。"邓立钢寸土不让。

吉大顺挣扎着爬起来，一只手捂着肋骨，一只手接过了黑塑料袋，进卫生间去了。

石毕说:"这一脚踹得有点狠了。"

邓立钢骂道:"踹他是轻的，我他妈的真想把他的天灵盖撬开，看看里面装的是人脑子，还是猪脑花。"

除夕夜转眼就到了，我出差回来没有进家，直接去技侦那里，陪小朱熬年夜。君子一言，驷马难追，不能因为老婆跟我冷战就认怂。小朱百无聊赖地翻着公安杂志，看见我拎着一个大帆布兜子进来，眼睛顿时亮了。

"嘿，你还真来了!"

"男子汉大豆腐，说话必须算话。"我跟他开玩笑。

小朱说:"刚才，我媳妇摔了我的电话。"

"理解，都是这么过来的。"

我打开帆布包，从里面拿出来几个方便盒，里面装着几样卤菜和一瓶白酒。

"嫂子咋放你出来的?"

"简单，她带儿子去威海了。"

小朱点点头，我找出来两个纸杯，往里面倒酒。

"我媳妇有格局，在这种事上不太像女人。"

小朱喝了一口酒，等着我往下说。

我伸出四根手指说:"四岁的时候，我俩在托儿所睡过一张床。"

"这么小就同居了?"

"这种关系，你说铁不铁?"

我笑着起身打开电视机，中央台正在播《新闻联播》。有人敲门，小朱起身开门，程果和彭程拎着大包小件站在门口。小朱不认识这娘俩，愣在那里。这个瞬间我脑袋里也出现了空白。

程果对儿子说:"彭程，叫叔叔。"

"叔叔，新年快乐!"我儿子给小朱鞠了一躬。

小朱看看程果又看看我，有点犯蒙。

我缓过劲来，心里开出了一朵一朵的小花，乐颠颠地接过老婆手里的东西。

"我媳妇和我儿子，看啥看? 上手吧!"我的口气中带着炫耀。

小朱赶紧帮忙摆菜布碟。

我小声问程果:"票退了?"

程果咬着牙根小声回答："我压根就没买。"

我偷笑，程果悄悄拧了我一把，我忍着疼大声问："饺子啥馅？"

"猪肉酸菜，韭菜虾仁鸡蛋，刚出锅，趁热吃吧。"

桌子上八个菜，有鸡有鱼，吉祥如意。小朱吃得很开心，暂时忘了媳妇跟他翻脸的事。我的心思完全不在饭桌上，注意着监听器那里的动静，邓立钢家的电话机没有一点声响。

电视里播出的是赵本山和高秀敏的小品《心病》，把我老婆和儿子笑得前仰后合的。我盯着程果那张笑靥如花的脸，在心里笑了，这个女人咬牙切齿地翻小肠，关键的时候比谁都明事理，比谁都贤惠。这就是我的老婆，我无条件地爱她。

吃过饭，小朱戴着耳机坐在监听台跟前，我走过来站在他的身后。监听仪表一动不动。

岩辉城那里，窗外鞭炮声响成了一片，飞向夜空的礼花映红了人们的脸。

宋红玉惦记桦原老家，没有一点胃口。她说："我想给家里打一个电话。"

"我替你打。"邓立钢立刻掏出来手机，拨号后把电话放在耳边，"喂，老爷子，我给你拜年了！家里都好吗？"

宋红玉抢过来电话放在耳边问："爸，你跟我弟吃饺子了吗？"

耳机里老宋没有回答她。

"喂！喂!"宋红玉以为电话断了。

邓立钢从她手里拿下来电话，放在桌子上。这时宋红玉才明白，电话并没有拨出去。

"跟你说过多少遍，想家的心思可以有，电话绝对不能打。"邓立钢绷起了脸。

"老大，你也太谨慎了。"吉大顺小声嘀咕了一句。

邓立钢两眼一瞪说："公安那边要是没设监听电话，我把脑袋揪下来，给你当球踢。"

邓立钢像个老中医，三根手指搭准了我的脉，他不动声色，一声不响，年过得死了一样寂静。我得了相思病，白天黑夜想着他，从各种角度分析他。这小子一身恶习，身上唯一软和的地方，就是念亲情。他父亲早亡，母亲有精神疾病。唯一的弟弟四月份刑满出狱，我希望，他能看一眼熬刑四年的兄弟。我在监狱门口和邓家附近，布控了好几天。这只老狐狸又闪了我。

是秘密就有两面性，要么你掌握它，要么它控制你。我掌握不好邓立钢的行踪，邓立钢则在躲避我的追捕中，从未马失前蹄。

王八咬秤砣铁了心，我下决心跟他生磨。程果问，能磨出个啥结果？我说，铁杵能磨成针，木杵再磨也是牙签，我是什么料，咱们走着瞧。

监听坚持到七个月头上，经费出现了大问题，雪城公安局一年给刑警大队十万块钱的经费，刑警大队需要破获的不止是这一起案子。破1103大案期间，绑架案、诈骗案、强奸案几案并发，刑警大队的骨干力量必须被调去处理突发案件。没钱，没人，主持这项工作的局领导也调离到新的工作岗位去了。不撤不行了，1103大案暂时放下了。邓立钢家和宋红玉家的监听也被同时撤了下来。

紧接着，又一重打击砸下来，我被调离刑警大队，到三大队负责外协工作。外协就是全国各地公安部门到雪城查人查案，都由我负责接待。一句话，我跟1103大案拜拜了。程果说，这个工作好，再也不用十天半个月不着家了。

过去我脑袋沾枕头就着，现在睡到半夜醒了，再睡就睡不着了。后来只要往床上一躺，眼皮沉得灌了铅，睡意却跑去了爪哇国。几次程果醒过来，看见身边空着，立刻跑出卧室找。我哪儿都没去，拿着一个装满冰块的碗，窝在客厅的沙发里看电视，电视里演的什么，我根本不在意，一块一块地嚼那碗冰。

我叫她回去睡，我一会儿就睡。程果回卧室了。我明白回去也睡不着，索性穿上运动装，开门出去了。

天边隐隐透出光亮，空气冷冽清凉，一口气直接吸进肺里，头脑瞬间清醒了。我沿着江边慢跑，雪城睡不着觉的，不是我一个人。江边有很多晨练的人，男男女女都有。身体里堆积的垃圾被充盈起来的气血冲开，心情畅快了不少。我一溜小跑奔了早市。

早市里的商铺已经开张了，店主忙着招呼顾客。雪城的人习惯起早，一天里的第一顿饭，在这里真不能叫早点，是实实惠惠的饭。我父母那一辈，五点起床包饺子、炒菜、焖米饭稀松平常。店主们跟我熟，看到我一口一个新桥二哥叫着。

我问卖菜的摊主："今年收入咋样？"

摊主说："菜到我手里，倒腾好几个个了。种菜的今年腰包鼓起来了。我老婆娘家，种了一亩二分地的黄瓜，一共摘了将近两万斤。如果按这里的市场价卖，那得挣多少钱？可惜还得中间商过几手，人家开车到地里去收购，咱没这个条件啊。"

一个摊位一个摊位地聊着，1103大案暂时被我放到脑后了。早点摊是一对夫妻开的，丈夫负责炸油条，妻子负责盛豆浆和豆腐脑。妻子的脸蛋冻得通红，十根生了冻疮的手指头从手套里伸出来，像透明的胡萝卜。

"二哥，要辣椒吗？"她笑盈盈地问我。

"一份放，一份不放。"

拎着塑料袋回到家，程果已经起来了，她在厨房里煮皮蛋瘦肉粥。

我把买回来的早点放在灶台上说："第一锅炸出来的油条。"

一家人坐在餐桌旁边吃早餐。我问儿子："鲜榨豆浆和豆腐脑还有粥，你要哪一样？"

彭程看看我又看看他妈，过去这事归他妈管。看见我盯着他等待回答，不情愿地说："我要豆腐脑，别放辣椒啊。"

我把豆腐脑放到儿子的面前，看着他埋头吃饭。

"你去床上补一觉吧。"程果说。

我说："我送彭程去学校，回来眯一会儿。"

彭程听说我要送他去学校，顿时两眼放光，三口两口吃完了早餐。

街上骑自行车上班上学的人，熙熙攘攘。我骑着自行车，儿子骑在后座架上，我们很快混迹在车流当中。彭程兴奋不已，不停地拍我的后背，提示我加速。我两腿加劲，提高了车速，很快冲出了车流。

前面一座缓坡的桥，彭程在我身后大声说："我妈每次都在这里下车，让我跟着她走过去。爸，你能带着我骑过去吗？"

我大声回答道："这又不是珠穆朗玛峰，有啥不能的？"

我在车上欠起屁股，双腿猛蹬，自行车冲上了桥。电动车和摩托车从我的身边呼啸而过。

"老爸！冲啊！"彭程在我身后大声助威。

我又加了一把劲，自行车冲下了桥，我的自行车超过了已经减速的电动车和摩托车。我出了一身的透汗，寒风一吹透骨地凉。彭程搂着我的腰，高兴得连喊带叫。小子过足了瘾。进了校门，他跟同学勾肩搭背地往前走，不时回头看我一眼，目光里全是满足。

一天里的运动量太大了，浑身肌肉酸痛，晚上我趴在床上，程果给我做按摩，她按一下我叫一声。

"痛则不通，不通则痛。经络通了你就能睡着了。"程果说。

我的身体，在她双手的按压下，逐渐软了下来，没多大工夫就睡着了。我做了个梦，梦见了邓立钢，我跟他在楼梯上相遇了，他下楼我上楼，我伸手抓他，梯子突然立起来。我站立不稳，摔了下来。

惊醒后，我满头冷汗，又睡不着了，悄悄换上运动衣出去跑步。我沿着街道奔跑，沿着江边奔跑，直跑得汗水湿透了衣衫。程果看着我黑着两个眼圈，心疼我，她叫人替她看守铺子，拉着我陪儿子去冰场滑冰。程果坐在场外，看场内我们父子俩的短道速滑。我跟儿子猫腰屈膝，在冰上跑得飞快。高速过弯时，我尽量压低身体，成倾斜状态，左手扶冰面做支撑点。先是儿子在前，我在后。后来我通过外弯道赶超上来，跑到他前面。彭程在后面拼命地追。我通过身体重心转移、步点的转换，再次加快了速度，赶超了儿子整整两圈。从冰场出来，儿子要喝冷饮，我们去了青檀街上的冷饮店。我喝带着冰块的矿泉水，彭程吃奶油蛋糕，程果喝奶茶。

彭程缠着我取经，他问："爸爸，你怎么能滑得那么快？"

我说："过弯道的时候，要提高交叉脚的频率，同时还要把重心尽量往里收。做到既不减速还要把速度加上去。"

彭程频频点头。都说有失必有得，我失去了1103大案，获得了儿子的崇拜。

5

2004年，我出差路过济北市，透过车窗看到写着济北的站牌，立刻想到了被害人刘欣源的父母。一年前，刘亮还打电话，问破案的情况。我调离刑警大队以后，就听不到他的消息了。没有破获的1103大案，像一块石头卡在我的嗓子眼里，不能咽下去，又吐不出来。返程途中，我下了火车，找到了刘亮的家。

刘亮家在济北市的郊区，有一个小院落，透过院墙可以看到一棵未成年的香椿树。听到敲门声，刘亮出来开的院门。他的变化非常大，以至于我第一眼差点没认出来他。不到五十岁的刘亮头发全白了，体重起码掉了三十斤，人瘦得几乎成了一副骨头架子。他眯着眼睛打量面前的人，当他认出来是我的时候，两只眼睛刷地亮了。刘亮拉着我的手，往院子里拽。

刘亮说："你可来了，你终于来了。啥话也别对我说，你对我闺女说。"

他的话让我的心里咯噔一下，刘亮把我领到香椿树下，指着树下的小坟包说："两个闺女都在这里埋着，你说吧，她们听得见。"

我说："我开会路过这里，过来看看你。"

刘亮眼睛里的亮光熄灭了，他嘴唇哆嗦着说："两年过去了，我闺女眼巴巴地在树下等着，你连一点希望都不给她？"

我的眼睛在那个小坟包停留了片刻，说："我去看看大嫂。"

刘亮领我进了屋，房间里杂乱不堪，刘亮的媳妇披头散发地坐在床上，看见进来人，立刻把脸转过去冲着墙。

刘亮说：欣源她妈知道闺女连尸首都被剁碎了，一下就疯了，动不动就往护城河里跑，守着她我连班都上不了。去年我也生了一场大病，在家躺了四个月。要不是惦记着老伴没人管，惦记着闺女的仇还没报，我真想两眼一闭就那么去了。"

我无比内疚，坐在他面前，半天说不出话来。刘亮知道女儿的案子为其他案子让路暂停了，气得眼前一阵发黑，瘦骨嶙峋的手在膝盖上微微颤抖着。我知道这个时候，我说什么都是白扯，起身把带来的熟食和点心拿出来。

"有盘子吗？"我问。

刘亮指了一下厨房，我拎着熟食进厨房。厨房里冷锅冷灶，水池里堆着没有洗的盘子和碗。我挽起袖子刷碗洗盘子，刘亮坐在椅子上，耷拉着脑袋，听着身后的动静。

翻橱柜，我找到了一把挂面，墙角有几个土豆和一棵白菜。我切菜炝锅，等待锅里水开的时候，随手把厨房打扫了一遍。

一瓶白酒、一盘猪头肉、一盘香肠、一盘酱牛肉、一盘花生米、一盘炝炒土豆丝、一盘醋熘白菜，四冷两热端上了桌；外加一盆上面漂着葱花的热汤面。

三个人坐在桌边吃饭，刘亮的媳妇吃得狼吞虎咽，刘亮看着老婆的吃相，不由眼圈一阵泛红。他说："自从得了这个毛病，她就再也没进过厨房。家里存款加上外面借的钱，都给了绑票的，闺女没救回来，欠下了一屁股的债。这两年我们老两口馒头、烧饼就咸菜，就是这么吃过来的。"

我没有说话，给刘亮满上酒，给自己也倒了一杯。两人闷头碰杯，一饮而尽。刘亮拿起酒杯给我满酒，我伸手盖住酒杯说："我的酒量就这么多，再喝就砸了。"

刘亮也不勉强我，自斟自饮。刘亮媳妇吃饱了，碗一推回到床上，脸朝墙睡了。

三杯闷酒下肚，刘亮说："我们两口子的身体状况，你也看到了。你给我句实话，我还能熬到罪犯落网那一天吗？"

我说："我现在被调到其他部门工作，再有想法，再有劲也使不出来了。这么着，我给你出个主意。"

刘亮举杯的手停在半空中，眼睛盯着我："你说，只要是我能办到的。"

我说："你逐级上告，告雪城公安局不作为。"

刘亮一怔，把酒杯放在桌子上。

"记住，告雪城公安局的同时，必须连我一起告了。"

"你为我做了这么多，我不能昧着良心。"

"现在这罪犯还在社会上为非作歹，不一条道跑到黑，把他们抓捕归案，警察我算白当了。为破这个案子，我做了大量工作。这个案子目标明确，证据确凿，就这样放弃了，我心不甘。"

"告了你以后呢?"刘亮问得很谨慎。

"案子会重新审理，任务有可能会重新交到我的手上。"

刘亮拿起酒瓶，给我的杯子里满酒，他说："最后一杯，你喝了我就照你的话去做。"

两人碰杯，我喝干了杯里的酒，起身走了。

第二天，刘亮安顿好老婆，开始了艰辛的逐级上告。这期间，他没有跟我联络。

外协工作很清闲，我把扔了几年的空手道捡起来了，我要求教练严格训练我。

教练要我在二十分钟内，完成三千二百米跑步，五十个拳卧撑，五十个抬腿卷腹，五十个深蹲跳。我咬着牙完成了。教练要我做左右直拳，左直右勾，右直左勾，左直右回旋击打，右直左回旋击打。前回踢接前踢，前回踢接膝击接勾拳。一套训练下来，我几次想打退堂鼓，明白这不是我的性格，硬是咬牙坚持下来了。教练要我跟他过手，我还没明白是怎么回事，他就把我扛上肩，狠狠地摔在地上。

我爬起来，才发现全身都被汗水湿透了。

教练说："我的进攻，你一次都没有防下来。你不应该单纯地格挡和提膝防守，应该配合步法，移动起来才对。"

我气喘吁吁地点着头。

"还来吗?"教练问。

"来!"我的语气十分坚定。

教练笑了:"你这个人真不怕输啊。"

我说:"输是我必须习惯的东西。"

是啊,一个人输都不怕,他还能怕什么?教练把我摔得七荤八素的。挫败感激起了我的斗志,我越疯狂,教练摔我摔得越狠。

周身疼得不能碰,我像被倒空了的口袋,瘫在沙发上。程果做熟了饭,硬把我拉到饭桌旁边。春饼卷豆芽、韭菜炒鸡蛋、鱼香肉丝,色香味全方位调动起来我的胃口,程果卷好饼递给儿子,又卷了一张饼递给了我。

"新局长上任了?"她问。

我"嗯"了一声,埋头吃饼。

"有啥动静?"她又问。

我说:"新官上任三把火,看他先点哪一把了。"

新局长姓姜,个子不高,敦敦实实的,他上任的第一天,就把我叫到办公室,招呼我坐下后,直奔主题。他说:"1103大案受害者的家属刘亮把雪城公安局告了。"

"我不在刑警大队了。"我装傻。

"第二被告就是你!"局长提醒说。

"那我得把事情的来龙去脉,好好给你掰扯掰扯。"

"破案的整个过程,我已经了解清楚了。省厅下了文,恶性案件,责任重大,责成我们重新审理。"

"罪犯凶狠狡猾,手段残忍,性质恶劣,如果我们破不了案,无法面对被害人家属,更无法跟人民群众交代。"

"说说你的想法。"姜局长的态度很诚恳。

"当初这个案子，是我负责的。被害人家属告我不作为，一点错都没有。事已至此，我不讲客观原因，调我回刑警大队，让我继续接手这个案子，我要用我的一嘴牙，死死咬住罪犯。"

"你有几成的把握?"局长问。

我说："没有百分比，只有一句话，没有相信的开始，就没有成功的可能。"

我被一纸调令调回刑警大队。刑警大队的那帮哥们儿，别提多开心了，杨博扳着我的肩膀头说："你回刑警大队，就欠了弟兄们一顿，升职大队长又欠了我们一顿。两顿并罚，让嫂子给我们开一桌怎么样?"

程果跟这帮兄弟混得很熟，给他们整一桌，一点问题都没有，问题是年根底下，她的布艺小店订单多，忙得脱不开身啊。

"这么着吧，老规矩，我掏腰包，请你们吃火锅、喝啤酒怎么样?"我跟大家商量。这帮混蛋玩意儿，立刻直奔青檀街火锅老店去了，本着喝穷吃死我的劲头，点了满满一大桌。

那天我在火锅店临街的窗户那里，看到了甄珍。这个十五岁的小丫头在青檀街闲逛，闻到火锅店里飘出来的香味，扒窗往里面看。她的视线正好跟我的视线碰到了一起。甄珍立刻避开我的目光，转身离开了。三天后她的父母来公安局报案，说女儿失踪了。

甄珍的父亲甄玉良在建筑公司工作，负责检查工程质量，常年在外地承包的工地上；老婆洪霞，在一家物业公司上班；甄珍是他们的独生女。洪霞跟那些没有多少文化的母亲一样，自己拼不过别人，就用别人家的孩子做武器，来对付自己家的孩子。更年期的母亲和青春期的女儿，暴躁和叛逆，箭搭在弦上，一触即发。母亲不控制情绪，女儿破罐子破摔。洪霞想跟别人炫耀什么，甄珍就勇敢地毁了她的炫耀。女儿不怕自伤，只为不让母亲得逞。

甄珍短发，个子不高，细胳膊细腿，额头上细细的青筋，在雪白的肌肤下面清晰可见。眉毛浓黑，大眼睛，吊眼梢，看上去有些不好惹。

失踪前，甄珍的学习成绩垂直下降，班主任老师反映，她上课不听讲，下课不完成作业。期中考试，甄珍的成绩从正数第三滑到倒数第三。洪霞气得丈夫孩子一起骂，甄玉良心里清楚，更年期的女人和叛逆期的孩子，属TNT炸药，一旦爆炸，波及范围会很广。他能躲则躲，尽量待在工地上不回家。洪霞的满腔怒火，无处发泄，烫得自己牙床子肿胀。甄珍像躲瘟神一样躲着母亲，她不但不愿意回家，还开始逃学了。

在青檀街上，她认识了一个叫杜仲的男孩子。杜仲比甄珍大两岁，淡眉淡眼，高个头，额头上有几颗青春痘。当时他坐在门口的一个木头树墩上喝可乐，甄珍背着书包摇摇晃晃地从他面前走过去。

"嘿，你干啥不去上学？"杜仲主动跟她打招呼。

甄珍四下看看，除了自己没有别人，于是站住脚，斜着眼睛看他。

　　"你是在跟我说话吗？"

　　"是啊。"

　　"你怎么不去上学？"甄珍反问他。

　　"我已脱离苦海，立地成佛了。"

　　"毕业了？"

　　"我退学两年了。"

　　甄珍心里一动，走过来在他旁边蹲下来。

　　"为什么退学？"

　　"我一进教室就脑袋疼，疼得厉害了会吐。"

　　"这是什么毛病？"

　　"我脑袋里，有一根血管有点畸形，紧张起来会痉挛。"

　　他指了一下身后的店铺说："这是我爸开的店，我在里面跟着他老人家学木工手艺。不是打家具，是做精巧的木器工艺品。学过古文《核舟记》吧？我就是干那种细活的，只不过没精巧到那种程度。"

　　"做木工雕刻，脑袋不疼吗？"甄珍问。

　　"那是艺术创作，一头扎进去，就把脑袋忘了，哪还有疼的事？哎，你还没回答我，为啥逃学？"

　　"我逃学是治我妈的病。"

　　"你妈得了啥病？"

　　"我在班里当优等生，她不夸我；当劣等生，她往死了骂我。明明是她有病，偏逼着我吃药，你觉得这个世界公道吗?"

"他们那一茬人,自己没有爬山的本事,却逼着儿女去攀登珠穆朗玛峰,确实病得不轻。"杜仲深有同感,"天这么冷,你老在外面转悠,小心真的病了,这么着,我请你打游戏吧。"

"我不会。"

"没啥难的,指头能分开瓣就行。"

6

网吧里黑洞洞的,几十台电脑闪亮的荧光屏照亮了操纵者的脸,清一色全是年轻人,最小的估计没有超过十二岁。他们心无旁骛,全神贯注。

杜仲替甄珍开了电脑,教了她一套基本的操作方法。甄珍学会了,前后左右扣动扳机,拿着刀,上下乱跳,很快进入佳境。第一局,甄珍在杜仲的指挥下,旗开得胜,乐得她脑门沁满了汗珠。激战正酣,网吧老板走过来,站到甄珍的身后。

"赶紧下机,一会儿检查的就要来了!"他小声说完,转身去通知其他人去了。

甄珍玩得上瘾,哪里听得进去?门口突然有人大喝一声:"检查!"

甄珍激灵一下醒过神来，她愣在那里，不知道该如何应对。杜仲机敏地跳起来，一把揪住甄珍的脖领，往外拽她。

"丫头片子，我找了你一下午，爸妈辛苦挣钱，供你读书，你不好好学习，跑到这儿来上网聊天。你看回家，爸能不能打死你?!"

见杜仲一脸愤怒，甄珍立刻明白他的用意，配合着死命挣扎。

"哥！别告诉爸！我不敢了！再也不敢了！"她连哭带号。

检查人员站在门口看着这"兄妹俩"，杜仲顺利地把甄珍拖出了网吧大门。两人站在角落里，笑得前仰后合。

杜仲请甄珍吃麦当劳，说权当压惊。一个巨无霸汉堡，一杯热巧克力，温暖了甄珍。杜仲吃东西快，说话有点结巴，讲的事情曲里拐弯。甄珍笑出了眼泪。

这一切，被吴莉看在了眼里。吴莉跟甄珍同桌，两人曾经非常要好。这个小个子女孩气量窄，嫉妒心强。受不了成绩总是排在甄珍的后面，最终因为一件小事，跟甄珍大吵一架，友谊的小船翻了。交情没了，心里的那只眼睛，还盯在甄珍的身上。甄珍连续逃课，引起了她的好奇心。下课回家，弟弟闹着要吃麦当劳的儿童套餐，她领着弟弟去了。一进麦当劳，她就看见坐在角落里的甄珍和杜仲。俩人连说带笑，热闹得很。

杜仲说："我不吃鱼，鱼死了还瞪着眼睛，典型的死不瞑目。我不吃兔子，它有红眼病。我不敢喝酒，因为喝

46

多了，立刻看见另一个牛×哄哄的自己。"

甄珍笑得趴在桌子上。杜仲掏出来一个核桃递给她：
"学徒工的手艺，送给你当见面礼吧。"

甄珍接过来核桃仔细看，那颗核桃被揉搓得油光锃
亮，上面刻着的八仙栩栩如生。

甄珍十分喜欢，问："真的送我了？"

"送你了！等我出了徒，我刻一个大轮船让你看。天
黑下来了，再不愿意你也得回家。"

甄珍和杜仲起身离开麦当劳，吴莉蹑手蹑脚地走到门
口往外看。她看见那个高个子男孩推过来一辆捷安特自行
车，跨上去，一条腿支地。甄珍跳上后座。男孩脚一蹬，
自行车载着甄珍走远了。吴莉心里像打翻了五味瓶，特别
不舒服。

杜仲车子骑得飞快，寒风打在脸上，针扎一样刺痛。
甄珍低着头，缩在杜仲的身后，她希望这段路长些再长些。
杜仲好像明白她的心思，沿着青檀街绕了大大的两圈。

杜仲的车子最终停在甄珍家小区门口，他对甄珍说：
"快回家吧。"

甄珍边往家走，边回头看。杜仲一条腿支在地上，远
远地看着她。

甄珍推门进家，看到父亲竟然在家，不由得松了一口
气。甄玉良半个月没回家了，头发蓬乱，胡楂子很长，看
上去有些憔悴。

"怎么这么晚回来？"甄玉良问她。

“写作业，我妈呢？”

“在厨房，她脸色不对，你小心着点儿吧。”

在厨房里做饭的洪霞，听到父女俩聊天的声音，她冲门口喊：“没手没脚啊，怎么就不知道进来帮帮忙？”

甄玉良推门进来，问：“干啥？”

洪霞没好气地说：“没长眼睛啊，把菜端出去。”

甄玉良一手端一盘菜出去，甄珍进来端着电饭锅往门口走，洪霞的目光质检仪一样落在她的身上。

“怎么越回来越晚了？”洪霞拉着脸。

“回来早了也不对，回来晚了也不对。你给我规定一个点儿，我掐那个点儿回来。”甄珍小声嘟囔。

洪霞眼睛一瞪：“我还问不得了？”

甄玉良进来，接过来女儿手里的电饭锅：“你去拿碗筷。”

甄珍打开橱柜拿碗筷，洪霞手脚利落地擦灶台和抽油烟机。

“我们单位小姊妹的孩子，跟你一般大，都能给她妈做饭了。你倒好，还得我做好饭，往你嘴里喂。”

甄珍噘着嘴端着碗筷往外走，洪霞跟在她的身后唠叨着。

饭菜摆上桌，一盘葱爆羊肉，一盘炝炒土豆丝，一小盆鸡蛋汤摆在饭桌上。

一家三口饭吃得很是沉闷。

“老甄，尾款结了吗？”洪霞开口了。

“没有。”

"那个工程已经完工半年了。要是我不上班，能吃上饭？你俩都得把嘴扎起来。"

甄珍偷眼瞟了一眼母亲，她的脸阴沉得像要下雨。

"甲方拖欠尾款，是这个行业的常态，早晚都得给。"甄玉良解释。

洪霞放下筷子，两眼盯着丈夫质问："甄珍的补习班要钱，房子的贷款要还，你爹妈的赡养费得给，你说哪个能早，哪个该晚？"

"妈，你别花冤枉钱，补习班报了我也不去。"甄珍说。

洪霞呵斥她："吃你的饭！"

"饱了。"

"我伺候你们老的小的，还伺候出孽了？"

"以后我自己做饭，行了吧？"甄珍控制不住自己了。

"我生养你，就是为让你跟我对着干吗？"

洪霞深吸一口气，努力让自己的情绪平缓下来："你以为我吃饱了撑的，愿意给你花这冤枉钱啊？不花钱补习，你考得上高中吗？"

甄珍扒拉着碗里的饭不说话。

"我单位小姊妹的儿子，上了补习班，才一个学期，就从班级第二十名，升到第九名了。"

甄珍撇撇嘴。

洪霞两眼一瞪："你撇啥嘴？"

甄珍小声嘀咕："那么喜欢别人家的孩子，干脆领回家来养着得了。"

洪霞啪的一声把筷子拍在桌子上："我怎么生了你这么个没有良心的东西？"

碗里的鸡蛋汤漾起了波纹，甄玉良拿起调羹，舀起来喝了一口，顺便递给女儿一个少说话的眼色。

"我把你从排行第二十的学校，转到排行第四的学校，家里花了多少钱你知道吗？"洪霞问。

甄珍最不愿意听的就是这个，她回嘴道："我在我原来的学校，成绩排名全年级第一，是你非要把我转到现在的学校，让我成了班级第三名。没达到你的期望值，你对我不满意，责任在我吗？基因是你们给的。我笨你有一半的责任。我只有半斤的重量，你非给我挂十斤的秤砣，不是自取其辱是什么？"

洪霞两眼瞪圆了："你再说一遍？"

"你自己拼不过别人，就用别人家的孩子做武器，来对付我。我是班级第三名，当然拼不过人家的第一名。第十四中学，当然拼不过第一中学。"

"你再说一遍。"

甄珍放下筷子，起身进屋咣的一声关上了房门。

洪霞大怒："你给我出来！"

甄玉良拿起桌上的筷子，递到她手里："吃饭，羊肉凉了挂蜡。"

洪霞的怒气立刻转移到了他的身上："我算倒了八辈子霉了，嫁给了你，生出来她。上辈子，我到底造了什么孽啊？"

甄玉良眼观鼻鼻观口，一小口一小口地品着汤。

"嘴被缝上了？"洪霞问。

甄玉良声音很大地喝了一口汤："这汤真鲜。"

"你女儿这么损我，你怎么连个屁都不放？"

甄玉良说："被夸奖的时候是你女儿，挨批评的时候是我女儿，界限倒划得清楚。"

"又臭又硬，真随你们老甄家的根了。"

甄玉良吃不下去了，放下筷子说："天天搞得硝烟四起，这个家还让人待吗？"

"莫非你还有另外一个家？"洪霞问。

"说闺女呢，怎么说到我头上了？"

"是你说到我头上来了。"

甄珍躺在床上，听着门外传来的父母争吵的声音。她从口袋里掏出来那个核桃把玩着，很快就睡着了。

甄珍跟一个男人在青檀街约会的事情，悄悄在班里传开了，越传内容越丰富。吴莉的同桌李媛不相信，问："真的吗？她逃课就是为了去约会？"

吴莉说："我亲眼看见的，那个男的还挺帅的，个子比她高半头。甄珍在自行车上搂着那个男人的腰，贱兮兮地让人看不下眼。"

李媛有些憧憬地问："那个男的大眼睛还是小眼睛？"

吴莉说："单眼皮。"

李媛叫起来："我喜欢单眼皮男生！"

青春期的女孩子嘴都很快，三传两传，甄珍逃学约会的事情，添油加醋地传到了班主任的耳朵里。班主任姓常，四十五岁，皮肤黝黑，声音清脆悦耳。甄珍本来是班上的尖子生，近期学习成绩断崖式地下滑，叫她非常恼火。没想到的是，这个学生会越滑越远，竟然发展到逃课去跟男人约会。看来不找家长不行了。

　　洪霞一肚子的火，她在跟小区的业主生气。这个业主养了三只大狗，出来遛的时候不拴绳，有人投诉。洪霞找那个业主协商，结果碰了一鼻子的灰。

　　开始的时候，洪霞的态度很诚恳："齐姐，咱们遛狗得拴上绳啊。"

　　齐姐眼皮都不抬说："我缴了物业费，在小区里想怎么遛就怎么遛。"

　　"没说不让你遛啊，我是建议你做好安全措施。这里是公共区域，有人怕狗，咱们就得注意。"

　　"哪个嘴贱，让他来找我。"齐姐的话出口很硬。

　　洪霞有点压不住脾气了，说："这个区域是我负责的，有人投诉，我就得出来管。"

　　齐姐提高了声调："口气好大啊，你的工资谁发的？还不是业主发的，我们养活了你，不是为了受你欺负。家里漏水，电话打了三遍，不见工人来，我家狗出来遛个弯，你倒管了个积极。"

　　洪霞说："我管的是我职权范围内的事，水管漏水归工程部管。他们没及时处理，你可以投诉他们。"

齐姐："蛇鼠一家，投诉管个屁用。"

"你骂谁是蛇？"洪霞控制不住情绪，索性跟她吵了起来。

战事扩大到物业总经理那里，总经理让洪霞跟业主道歉，齐姐一口拒绝了，她说："我不接受道歉。"

总经理问她的具体意见，她说，让这个女人从小区里消失。

"住户是上帝，物业就是孙子？当今社会，哪个孙子不被爷爷奶奶当成宝？我怎么就该被她往烂泥里踩？"洪霞怒不可遏。

总经理批评说："你这哪是解决问题的态度？一样的事情，换个角度，换种说话方法，就不是这个结果。你冷静冷静，明天咱们会上谈。"

就在这个时候，甄珍的班主任打来了电话。叫她马上来学校，有事面谈。

洪霞不知道出了什么大事，气喘吁吁跑到学校。看到甄珍低着头，站在常老师的办公桌前，两只手无聊地搓着衣服角。常老师安排洪霞坐下，说："本来应该等到开家长会上说，我怕那个时候就有点晚了。"

洪霞看看老师又看看甄珍，心里很是忐忑不安。

常老师说："我不清楚你们家里这阶段发生了什么事情，甄珍本来是班上的尖子生，近期学习成绩断崖式地下滑。她上课不听讲，下课不完成作业。考试成绩从正数第三，滑到倒数第三。她拉低了班级在年级的排名，搞得我评职称受到很大的影响。"

洪霞心往下一沉，死死地盯着甄珍。

甄珍把目光转向别处。

常老师加重了语气："成绩像多米诺骨牌似的下滑，导致了更可怕的结果。她开始逃学了，接连五次没到校上课。有人看见她在青檀街跟男生约会。"

这一闷棍打得狠，洪霞眼前金星乱飞。

常老师说："学生早恋违反校规，这是学校坚决不允许的。"

"成绩倒退我承认，逃学我也承认，早恋我坚决不承认。"甄珍觉得自己不为自己辩解不行了。

常老师："前天你逃课，跟一个男生在青檀街的麦当劳里约会，有这事没有？"

甄珍一怔。洪霞闭上眼睛深吸了一口气，再睁开眼睛时，眼白里绷起几条红血丝。她死死地盯着女儿。

常老师用指关节敲了几下桌子问："到底有没有？"

"早恋的定义是什么？"甄珍问。

班主任回答得很干脆："顾名思义，过早地谈恋爱。"

甄珍气得涨红了脸："在麦当劳吃汉堡，就是谈恋爱吗？你们大人，都是从我这个年纪过来的，怎么越活越狭隘！"

常老师被她的话顶蒙了："你说什么？"

甄珍双唇紧闭，懒得再回答。

洪霞气昏了头，声音哆嗦出来了颤音："那小子是谁？"

甄珍不想看她，更不愿意回答，火柴棍一样，昂着小脑袋戳在那里。

洪霞怒吼一声："你说不说？"

"你问的是谁？我怎么知道？"

洪霞觉得自己再待下去，脑袋就爆炸了。她伸手拽住甄珍的胳膊往外拖，三抻两拽，把她扯到了走廊里。恰逢课间休息时间，走廊里学生们吵吵嚷嚷。吴莉和几个班上的女同学靠着栏杆说笑，看到甄珍被她母亲拖着走，立刻对她指指点点。甄珍觉得受到了羞辱，使尽全身的力气，甩开了母亲的手。洪霞一个趔趄差点撞在栏杆上，热血轰地涌上了头。她抡圆了胳膊，给了甄珍一记响亮的耳光。

周遭嘈杂的人声隐去了，学生们和追出来的常老师被定格了一样，甄珍瞪着眼睛看着他们。眼前的一切瞬间模糊了，甄珍觉得自己头朝下，被按进了泥潭里，再不挣扎出来，就被污泥糊死了，她跌跌撞撞地跑出了教学楼。洪霞一步都没有追，她的力气已经用尽了，她拖着灌了铅一样的两条腿，一步一步，艰难地挪下了楼梯。

阳光耀眼，街上行人匆匆。天还是那么蓝，街上还是那么多的人，这个世界在甄珍的眼里，已经不是原来的那个世界了。她像刚从冰窖里爬出来的，浑身颤抖着，一边走一边哭，哭累了走乏了，就在路边的休息椅上坐一会儿。她发现，她绕到青檀街上来了。

杜仲看见她，走过来跟她打招呼："嗨，又出来给你妈治病了？"

甄珍的眼泪成串落下来，杜仲一怔，急忙从裤子口袋里掏出面巾纸给她。

"怎么了?"杜仲小声问。

甄珍语无伦次地说着哭着,杜仲一声不响地听着。过往的行人和车辆不断地遮住他们。甄珍没得到呼应,抬起头看着杜仲。就在这个时候,天暗下来,地面上一切都在静止不动中,一长一短两个影子静静地立在那里。

"走,玩一盘去。"杜仲打破了沉默。

甄珍摇头,杜仲二话不说,拖着她进了游戏厅。还是那间游戏厅,几十台电脑荧屏闪着光亮,游戏厅里只有一张桌子是空的。杜仲安顿甄珍坐下,拽过键盘帮她进入了游戏。

杜仲说:"游戏这东西能缓解焦虑,能应对恐惧、愤怒和挫败感。记住,这不是你一个人的战争,局域网里有三个队友,他们要跟着你出生入死。"

甄珍完全进入不了状态,十几分钟后,就被对手连捅几刀干死,鲜血从肚子里冒出来了,对手还在她的尸体上跳舞。甄珍愤怒不已,站起来四处寻找对手。她看见就一个十七八岁的小伙子趴在电脑前,看着屏幕嘿嘿傻笑。甄珍冲过去一把揪住他的脖领子,小伙子吃惊地问:"干啥?干啥?"

杜仲跑过去掰开她的手,强行把她拉出了游戏厅。室外零下二十几度的气温,让甄珍冷静了下来。

杜仲说:"游戏这东西很公平,谁厉害谁就活下去。"

甄珍低声说:"我不想玩了。"

杜仲推过来自行车，甄珍坐在后座架上。杜仲蹬地的那只脚离开地面，车子摇晃了两下，开始往前走。他越骑越快。杜仲没有说去哪儿，甄珍也不问。

杜仲带着甄珍，大街小巷地绕。天彻底黑下来，路灯一盏一盏地亮了。杜仲的自行车在甄珍家的楼下停住，甄珍从后座上下来，两只脚已经坐麻了。

"还闹心吗？"杜仲问。

甄珍没有说话。

杜仲说："睡一觉，一切就都过去了。"

甄珍点点头，打开单元门。

"不想去学校，就过来找我，我教你刻核桃。"杜仲的态度很认真。

一进家门，甄珍就闻到了母亲炒菜的香味。父亲去工地了，两菜一汤摆在饭桌上。甄珍不想吃饭，径直走进自己的房间，她看见书架空了，里面的蔷薇少女系列画册和玄幻小说全都不见了，心中一惊，四处翻看，确实没了。

她进厨房问母亲："我的书呢？"

洪霞说："卖了。"

甄珍急了："我攒了好几年才凑齐的。"

洪霞端着盛好的两碗饭往外走。

"买书的钱是我给的，我想卖就卖。"

"你不讲道理。"

"跟你讲道理没用。"

洪霞看都不看她，把饭碗放在桌子上，坐下来，夹起一筷子菜放进嘴里。甄珍摔门进屋，靠墙站了一会儿，走到床边，一声不响地蜷缩在床上。

　　窗外的天，黑漆漆一团，没有一颗星星。曾经的满天繁星都去哪儿了？离家出走了吗？离家这两个字让甄珍心头一颤。她转过身去脸冲墙。母亲像这堵墙，曾经是她的靠山，现在堵得她胸口憋闷，喘不上气来。她坐起来，看到了空空的书架。

　　2004年11月25日这一天，是甄珍十五岁人生中，经历过的最黑暗的一天。以前也黑过，但是没有黑到伸手看不见五指。她拽过来书包，掏出里面的书本，翻看了两页，一张一张撕了。她把碎纸张放进垃圾桶里，搬到阳台上，点着了火。

　　甄珍一直不过来吃饭，洪霞懒得叫她，叫当妈的丢脸，她还有理了？不惯她这个臭毛病。虽然没有胃口，洪霞还是把碗里的饭吃完了。

　　洪霞把给甄珍盛出来的那碗饭，倒回电饭锅里温着。懒得刷碗，拖着疲惫的双腿回到客厅，坐在沙发上看电视。透过玻璃窗，看到阳台上有火光，洪霞惊出了一身冷汗。三步并作两步冲上了阳台，看到甄珍在烧东西。听到母亲的脚步声，甄珍头都没回一下，继续往垃圾桶里扔着纸张。洪霞见她在烧课本，急了，一把揪住甄珍的胳膊，使劲朝身后一抢，甄珍摔坐在地上。洪霞捡起一个旧脸盆盖在垃圾桶上，火很快熄灭了。

洪霞急赤白脸地问："你想干什么？"

"帮你把家里带字的东西都处理了。"

"你再说一遍，你再给我说一遍！"

"我没脸去学校了，这些东西留着也没用。" 甄珍语气平静。

洪霞气得声音颤抖起来："我生养了你一场，你就这样报答我吗？"

甄珍说："你生我，不是因为喜欢我，是为了自己发泄仇恨方便。妈打孩子，只要没打死，法律不管，外人也干涉不着。"

"你再说一遍？"

"我怎么努力，也达不到你的人生目标。你在学校打我的那个耳光，是咱们母女的分水岭，从今天开始，我爱咋的就咋的，你管不着我了。"

洪霞抡圆了胳膊，给了甄珍今天中的第二个大耳光，甄珍被她用蛮力抽得原地转了半圈。一只耳朵听不见了，铁桥上火车的鸣笛声变得非常遥远，母亲的骂声像秋天的蚊子叫："滚……有多远滚多远。"

甄珍不知道，自己是怎么拎着一瓶啤酒走出家门的。路上的积雪，被车轮碾轧之后，一步一滑，她趔趔趄趄地走着，零零碎碎地喝着哭着。心里觉得走出去了一百里，回头看，家还在后面。

洪霞一腔怒火发出去了，靠在沙发上发呆，她觉得这一天，跟以往的每一天都一样，惊涛骇浪拍打过去，一

切都会重新归于平静。体力精力消失殆尽，她迷迷糊糊
睡着了。

甄珍裹着一股寒气回来了，她直接进了母亲的卧室，
从五斗橱的抽屉里拿了五百块钱。回到自己的房间，把随
身换洗的衣服，塞进旅行箱，背起双肩包开门走了。整个
过程一气呵成，头都没回一下。

7

甄珍买了一张站台票，上了一列火车。列车开出三站
后，她下了火车。这样做是怕母亲发现她离家出走，追到
雪城火车站堵她。

洪霞做梦都没有想到女儿会离家出走。半夜她醒了，
脖子在沙发上窝得酸痛，挪到卧室去睡，这一觉一直睡到
天亮。

清晨，洪霞出去买了早点，放在餐桌上，她走到甄珍
卧室的门口，冲里面喊："几点了？还不起来吃早饭？"

甄珍的房间里没有一点回音，洪霞沉着脸推开门看，
房间里空无一人。洪霞不放心，上班的时候在办公室里给
常老师拨了一个电话。

常老师说："甄珍没有来上课，她再这样逃课下去，
搞不好会被学校开除的。"

洪霞这才觉得昨天的事情闹大了，急得乱了方寸。

甄珍在距雪城三站的小县城，买了一张去滦城的火车票。滦城是她的首选，童年最好的伙伴丁亚春生活在那里。丁亚春的奶奶是甄珍家的邻居，八十年代丁亚春的父母去了滦城，把丁亚春放在奶奶家。丁亚春比甄珍大三岁，喜欢带着她一起玩。九十年代的最后一年，父母接丁亚春去了滦城。甄珍伤心难过了好一阵子，做梦经常梦见她。两年前，丁亚春的奶奶去世，她来到雪城参加奶奶的葬礼，特意请甄珍吃了顿西餐，给甄珍留下了她在滦城的住址，要甄珍有机会一定来玩。是母亲的两记耳光把甄珍送上了火车。沿途白雪变成黄土，黄土变成绿植。兜里的钱所剩无几的时候，她挣扎到了滦城。

丁亚春家还算好找，敲了半天门，出来的人不是丁亚春，是一个穿着睡衣、一脸倦容、二十三四岁的年轻女人。她告诉甄珍，丁亚春的父母去了澳大利亚，丁亚春考上了上海的一所大学，八月底动身去了那里，房子租给了她。一盆凉水从头浇到脚，甄珍彻底蒙了，不知道该何去何从。那女人转身回屋了。

这个叫邱枫的女人，回到屋里决定不睡了。进浴室洗了个澡，对着镜子吹干头发。细细地化过了妆，穿戴整齐走出房门，看到甄珍两手抱肘，坐在门口的台阶上发呆。

邱枫问："你怎么还在这儿?"

甄珍说："我没地方可去。"

邱枫锁了门准备离开。

"这位姐姐，你租了她家的房，肯定有她的联系方式。你有吧？"甄珍的语气里满是恳求。

"上海的电话解决不了你眼下的问题吧？"邱枫说。

"你把号码给我吧。"

邱枫不情愿地把电话号码抄给了甄珍。

甄珍来到公用电话亭把电话打到了上海，听到丁亚春的声音，甄珍立刻哭出了声。知道甄珍的情况，丁亚春叫她别着急。丁亚春说，那套房里有一间屋子没有租出去，里面放着她的东西，甄珍可以暂时住在那里。丁亚春还说："我有一套钥匙，放在我朋友那里，我给她打个电话，你去取吧。"

甄珍哽咽着道谢，丁亚春要她赶紧给父母打电话，或是来接，或是汇钱来，让她买票回家。甄珍满口答应了。

暂且有了安身之地，甄珍没有给父母打电话，更不想回家。她想先住下来找个工作，挣够了路费，再离开滦城。目的地具体是哪儿，她心里也没谱。

洪霞连日寻找女儿未果，派出所没有反馈回来任何消息。甄玉良放下工作，从工地赶回来，知道甄珍出走的原因，甄玉良不能把脑袋扎在沙子里当鸵鸟了。他第一次在妻子面前撂了狠话，女儿找不回来，他立刻跟她办离婚手续。

甄玉良四处给亲戚朋友打电话，寻找女儿的踪迹。夫妻俩把身边的人都想遍了，唯独没有想起来甄珍儿时的朋友丁亚春。民警问，孩子身上是否有钱？洪霞说，她从家里拿了五百块，民警安慰她，钱花光了，孩子自然会回来。

丁亚春的家两室一厅，一厨一卫，一百多平方米，舒适敞亮，装修得很上档次。甄珍巡视了一遭，用钥匙打开了自己可以暂住的那个房间。房间里整洁敞亮，看到柔软舒适的床，甄珍跳起来摔躺在上面，被床垫的弹簧弹起来老高。她好好洗了个澡，上床睡了，这是她离开家，第一次躺在床上盖着被子。甄珍两眼一闭，很快进入了梦乡。

邱枫完全不知道，甄珍已经入住，将跟自己生活在一个屋檐下。此时此刻她正被一个喝得醉醺醺的中年男人搂着，两人拿着一个话筒，对着屏幕唱《两只蝴蝶》。宋红玉推门进来，一眼看到了身材婀娜的邱枫。坐在沙发上喝酒的男人问："你找谁?"

宋红玉表示走错房间了，立刻关上门退了出去。

邓立钢他们一路南下作案，哪一处也不久留。到滦城落脚以后，宋红玉进了夜总会，一眼就盯上了邱枫。邱枫长相出众，皮肤浅黑，高鼻梁、深眼窝、厚嘴唇，双眸漆黑，看上去像东南亚人。她来自北海，是地道的广西人。邱枫的穿着打扮，完全不像风尘女子，长发齐肩，上身粗线毛衣，下身紧裹臀部的牛仔裤，脚下一双棕色短靴。客人们觉得她气质不俗，特别愿意点她，出台率高，挣的必然多，邱枫的收入比别人自然高出来一大截。宋红玉白天夜里盯着她，连她的饮食起居都摸得一清二楚。

包厢里的客人有些难缠，喝醉了以后，更是一点都不收敛。邱枫回到家已经是夜里三点了。第一件事，洗掉身上和头发上的烟酒味。她裹着睡袍，进了卫生间，脚下一滑，差点一屁股坐在地上。她紧紧抓着洗漱台，才控制住了身体。她发现卫生间的地上，满是水渍，一些脱落的短发混杂在里面。洗漱台上乱七八糟地堆着洗漱用品。水龙头下面的盆里，泡着换下来的内衣内裤。邱枫吃了一惊，不明白是谁没有钥匙竟敢闯进来，还胆大包天地在这里洗澡。她转身出去，看到客厅茶几上的座机留言提示的红灯亮着，邱枫按下按键。

丁亚春的声音从话筒里传出来："邱枫姐，我是丁亚春，我的朋友甄珍暂住在我留下的那个房间里，希望你能关照一下她。"邱枫的心情顿时不好了。

甄珍一觉醒来，天已经大亮了。她洗漱完毕，出门去找工作。口袋里剩下的钱，只够吃一碗云吞面。因为没有身份证，甄珍几乎找不到像样的工作。她在人群中左顾右盼地走着，看到一家北方人开的早点铺子，开门进去。五张桌子旁边坐满了人。做买卖的是两个中年妇女，一个负责炸油条，一个负责往碗里盛豆花汤。甄珍买了一碗豆花汤，坐在角落里一小勺一小勺地喝着。她不知道，隔壁的二楼坐着邓立钢绑架杀人团伙。他们腰包鼓鼓的，只要服务生推着小推车过来，立刻从小推车里拿两样吃食，放在桌子上。桌子上很快就摆满了。

一碗豆花汤快喝完了，女老板过来收拾桌上的残羹剩饭。甄珍很有眼色地起身帮她把碗碟摞在一起，抱起来放进水池子里。女老板连声感谢。

甄珍说："我没事，帮你洗了吧。"

女老板立刻警惕起来说："我们店小，雇不起人。"

"我不要钱，管我饭吃就行。"

"你有身份证吗？"女老板问。

甄珍摇摇头："没有。"

女老板说："那可不行，走吧，走吧。"

甄珍找到的第一份工作是在小理发店里给顾客洗头。理发的师傅是安徽人，他耐心地教甄珍洗头发时的手法，没有客人光顾，师傅就打发她洗毛巾，洗好抖搂平整，晾在晾衣架上。在这里干没有工钱，管两顿饭。

第二份工作是在一家麻辣烫店里穿串。老板是惠州人，人还算好相处。甄珍在这里，挣到了第一份工资。来麻辣烫店吃饭的几乎都是年轻人，翻台率很高。甄珍刚把穿好的串端到货架上，老板娘就在后面喊："没干净碗了，赶紧洗碗去！"

甄珍一溜小跑进了后厨。水池里的碗碟堆积如山，甄珍埋头洗碗，洗洁精的泡沫淹没了她的双手。她用胳膊抹额上的汗珠，泡沫挂在头发上。

老板进来催她，说串快没了，赶紧去穿串。

甄珍跟老板商量说："别人一天二十块，我一天才十块，能不能再加一点？"

老板上下打量了她一番："你说你十八，我看最多十五，连个身份证都没有。店里用你，我担着风险呢。要是有人给得高，你赶紧去他们家。"

甄珍立刻低头干活，不敢再多说一句。她手里穿着串，脑子里安排着十块钱的花法。方便面太奢侈了，还是换挂面，买榨菜，炸点鸡蛋酱……

邱枫昼伏夜出，甄珍昼出夜伏，两个人几乎碰不上面。甄珍留下的生活痕迹，叫爱整洁的邱枫心里堵得要命。这个丫头，吃完饭不洗碗，睡醒了不整理床，垃圾堆得从垃圾桶里溢了出来，也不知道拎出去倒掉。留了字条给她，依旧我行我素，丝毫不见收敛。

这一天，麻辣烫店关门晚，十点了甄珍才往家走。走到丁香夜总会门口，她意外地看到了被男人纠缠着的邱枫。邱枫看到甄珍，先是一怔，随后立刻走了过来。她对甄珍说："既然咱俩在一个屋檐下生活，我给你提一个要求。用完卫生间要打扫干净，你要学着替别人想一想。"

台阶上站着的那个男人冲邱枫喊："加二百行不行？"

邱枫冲那个男人摇了一下头。

"我说的话你听见了吗？"邱枫问。

甄珍意识到她的工作不光彩，目光鄙视地看着她不说话。

男客人冲邱枫喊："再加一百！"

邱枫翻了甄珍一眼，转身朝男客人走过去。甄珍看着那个男人搂着邱枫上了出租车。

麻辣烫老板的父亲过七十大寿，他关了店门，携家带口回去给父亲祝寿，员工们放假两天。到滦城这么多天，甄珍第一次舒舒服服地睡了一个懒觉。起来后，痛痛快快地洗了个澡。镜子里的甄珍，皮肤润泽，两眼明亮。十五岁的孩子，高兴起来很容易。她站在灶台前给自己煮了挂面，一颗鸡蛋打进去，又放了一根火腿肠。面刚端到餐桌上，邱枫一瘸一拐地走进来。刚才她在卫生间里，一脚踩在泡在水渍里的落发上，差点摔伤了尾骨。

"跟你说了多少遍，洗完澡，要把地面擦干净，你怎么就是不听？地上全是水和你的头发，你看看把我摔的。"邱枫阴沉着脸抱怨。

"我想吃完了一起收拾，没想到你现在就起来了，你不是天黑才起来吗？"甄珍的语气有些无所谓。

"这跟我什么时候起床没关系，这是卫生习惯。"邱枫提高了声调。

甄珍放下筷子和碗，边起身往外走，边说："行，行，行，别磨叽了，我这就给你擦去。"

甄珍蹲在卫生间的地上，用抹布擦拭着地面。

邱枫走过来站在门口说："你说给我擦，怎么是给我擦？卫生间是咱俩共用的，讲点公共道德吧！"

甄珍头都没抬说："你半夜三四点进门，又洗又涮，弄得锅碗瓢盆一起响。我怎么就没考考你，公共道德这四个字怎么写呢？"

"你妈没教育过你，吃完饭要洗碗，垃圾满了要倒掉吗？"邱枫问。

甄珍听邱枫提到母亲恼了，站起来两眼冒火看着她。

"你妈没教育过你，别挣不干净的钱吗？"甄珍的话回敬得相当刻薄。

邱枫一怔，随即仰着下颏，双手抱在胸前说："跟你这种四六不懂的小青杏简直没道理可讲，我月月交房租，你一个蹭房住的人，没有资格管我。"

甄珍说："房子是我朋友的，她愿意让我白蹭，你没有朋友，气死活该。"

"小小年纪，怎么不学好？"

"你没有资格教育我，我再不好，也比你好。"

"该上学不去上学，明摆着不想学好。"

"我上不上学，关你屁事？"

两人唇枪舌剑，把能损害对方自尊心的话都说了，彼此的自尊心好像没有受到任何损伤。

邱枫加重了语气："不给你点颜色看看，挨打你都不知道哪儿疼。"

"你还想打我？"甄珍问。

邱枫从鼻孔里哼了一声："我才懒得动手，这个城市会胖暴揍你。供一饥不供百饱，你硬赖着住，我就走。没有了租金收入，我倒要看看，你朋友能让你白蹭多久。"

邱枫咣的一声摔上了厨房的门，回自己房间去了。躺在床上睡不着，她索性爬起来，简单地梳洗一番，到楼下的棋牌室去打麻将。棋牌室里输赢都是小钱，老板娘还管一顿午饭。

棋牌室里四五桌打麻将的人，把麻将推得哗啦哗啦响。

老板娘白白胖胖，像无锡的泥娃娃阿福，看到邱枫进来，立刻笑着迎上来："今天来得早啊。"

邱枫说："睡不着，还不如下来玩几圈呢。你这里好，还管饭。中午吃啥?"

"老鸭汤，萝卜烧牛肉。"

邱枫很快跟三个男人凑成一副麻将搭子玩起来。

秃顶的男人问坐在对面的瘦男人："老金，你今天出门怎么这么痛快?"

老金说："我跟我老婆说，有急事，必须马上到。她问我啥事这么重要? 我说四人会诊，去晚了会出人命。"

众人哈哈大笑。邱枫手气不佳，牌抓得七零八落凑不成张。宋红玉走进棋牌室，站在邱枫的身后看她的牌。都说手气跟着心气走，这话没错，一下午邱枫轮番给别人点炮。宋红玉很自然地在她身后给她支招，帮她排兵布阵。很快凑成了清一色一条龙，外加四个花。邱枫自摸和了，这一下，把所有的亏损都补回来了。

邱枫笑逐颜开，回头感谢宋红玉："你这个参谋当得好。哎，我看你有点儿眼熟，咱俩在哪里见过吧?"

宋红玉说："我常去丁香夜总会K歌，我叫范莹。"

邱枫手里洗着牌，嘴里"哦"了一声："难怪，你也在这附近住?"

"住过，我对象嫌这里房子朝向不好，我们搬到马路那边的小区去了。"宋红玉说。

邱枫说："那边房子的租金比这里贵多了。"

"男人租得起，女人就住得起。"宋红玉话说得很轻巧。

邱枫忍不住，扭头又看了她一眼，这个叫范莹的女人，穿一身黑色的休闲装，眉清目秀，一头罕见的浓黑齐腰长发。看到邱枫打量自己，宋红玉冲她笑了，她的笑容有些怪，嘴明明在笑，眼睛里却没有一丝笑意。后面的牌局两个女人勾搭连环，邱枫又赢了五百。她高兴地对宋红玉说："跟我上楼认个门，我换件衣服，咱俩出去吃饭，我请你。"

宋红玉欣然接受邀请，跟着邱枫上了楼。看到房间的装修和家具，宋红玉眼睛里全是艳羡。她问："你自己的房?"

邱枫避重就轻："装修风格不错吧?"

宋红玉问："这得花多少钱啊?"

"挣钱就是用来花的，女人啊，委屈谁，都不能委屈自己。"

宋红玉点头称是。两个女人在食品一条街上，选了一家潮汕菜，坐下来边吃边聊。

邱枫说："听口音你是北方人?"

宋红玉没有回答她的问题，反问她："你是哪里人?"

"广西合浦。"

"那地方出珍珠。"

"对，南珠。哎，你做什么工作?"

宋红玉说："上班能挣几个钱?我对象是大款，他愿意养我。"

邱枫眼里全是艳羡，期待她往下说。

"他每月给我一万块钱的生活费。其他比如买包包、化妆品之类的东西，他会另外给我钱。"宋红玉说得漫不经心。

邱枫问："能不能介绍你的大款朋友，去夜总会消费？"

"小菜一碟。正好我对象的合作伙伴来滦城了，今天晚上，我就带他们去你们那里消费。"

结账的时候，宋红玉抢着买了单，这叫邱枫对她的印象更好了。

8

晚上邱枫一上班，宋红玉就带着邓立钢和石毕到了。宋红玉介绍邓立钢，说他姓王，说石毕姓刘，两个人是合作伙伴，都是腰缠万贯的大老板。邓立钢要了很贵的酒和果盘，小费也给得很大方。

石毕歌唱得相当好，抒情老歌一首接着一首。

邱枫陪邓立钢和宋红玉拼酒划拳，看宋红玉杯里的酒下得慢。

邱枫不满意地问："范莹你的酒里养着鱼吗？怎么舍不得喝呀？王总，你出拳太慢了。"

石毕走过来，一把把邱枫从沙发上拉起来："这首歌，必须咱俩一起唱。"

他牵着邱枫的手，两人头靠头，凑在麦克风前唱《你是不是我最疼爱的人》。这个男人身上有若有若无的香水味，让邱枫对他的印象又好了几分。一首歌唱下来，风尘场所里混出来的邱枫被石毕弄得有几分心动。看到邱枫左手的中指上戴着一条细细的银戒指，石毕立刻撸下来自己手上几克拉的钻石戒指，说："给你了。"

邱枫的心怦怦乱跳，推托着不要。

石毕硬是拉过来她的手，把那枚戒指给她戴在无名指上。眼前的这一切，都让邱枫觉得像是做梦。

凌晨两点，邱枫送他们出了夜总会大门。宋红玉挽着邱枫的胳膊，在她耳边小声说："去我老公的办事处喝杯功夫茶吧！解解酒，过马路五分钟就到。今天先认个路，以后想喝茶、聊天、打麻将随时过来。"

邱枫说："太晚了，我得回去睡觉了。"

宋红玉没有料到邱枫会拒绝，她想再使一把劲，邓立钢用眼神制止了她。

回到家，洗漱完毕，邱枫坐在床上，数着今夜挣来的十五张百元大钞。把玩着无名指上的那枚钻戒，她盼望那个儒雅的男人，能跟她发展成长久的养护关系。沉浸在南柯一梦中，她美美地睡去。一觉睡到下午两点，人还没醒透，门铃就被宋红玉按响了。

到滦城以后，甄珍第一次放假在家休息。十五岁正是贪睡的年纪，她从晚上十二点，一直睡到中午十二点。门铃声把她惊醒了，一个高蹦到地上，手忙脚乱地穿衣服，突然想起来，今天放假，不用去上班，她回到床上重新躺下。邱枫也被门铃声吵醒了，她眼睛都懒得睁，拉起被子捂住了头。

门铃声停止了，甄珍也睡不着了，她爬起来洗了一个澡，对着镜子用吹风机吹干头发。想起来跟邱枫的争吵，觉得自己也有不是。于是耐着性子，蹲在地上，仔细擦拭干净水渍，镜子和洗漱台也被她擦拭得光亮如新。

这时门铃又被按响了。甄珍明白不是找她的，没有理睬。铃声响过三遍，也不见邱枫起床去开门。甄珍放下手里的活，打开了屋门。门里门外的两个人，都不由一怔。宋红玉没想到，这个房间里还有个少女。甄珍觉得，眼前的这个女人，周身阴气笼罩，简直丧到了家。

"你找谁?"甄珍问。

"邱枫在吗?"

邱枫听到有人找，穿着睡衣跑出来，看见是宋红玉，她笑了。甄珍转身回房间去了。

宋红玉说:"给你打电话，你也不接，我只好亲自上门了。"

"我睡觉怕吵，把电话线拔了。找我有事啊?"邱枫拉她进屋坐下。

"刘总晚上请你吃海鲜大餐，再三叮嘱我一定要通知到你。"

"刘总太客气了。"邱枫笑出了满口白牙。

宋红玉压低声音问:"那个女孩是谁呀?"

邱枫想说是老乡，又觉得一南一北口音不对，于是说:"朋友的亲戚，来滦城玩，暂时住在这儿。"

宋红玉说："别冷落了人家，晚上吃饭的时候，带上她吧。"

宋红玉留下酒楼地址和包间号，先走一步离开了。

邱枫去卫生间洗澡，看到洗漱台和地面都擦拭过了，觉得吵一架还是有作用的。洗过澡，她坐在梳妆台前化妆，听见客厅里甄珍开冰箱的声音。她冲着门口大声说："别做饭了，跟我出去吃。"

甄珍一怔，以为自己听错了，走过来站在门口问："为啥?"

邱枫说："有人请，不吃白不吃。哪儿有那么多为啥。"

"刚才来的那个女人请的? 不去。"甄珍的态度很坚决。

邱枫扭过头诧异地看着她："她怎么你了?"

甄珍说："像太平间里钻出来的，阴气森森。"

"人家没招你也没惹你，小小的年纪，嘴怎么这么损?"

"不用招惹，这是直觉! 你整天跟这类人混在一起，嗅觉已经退化了。"

邱枫讨厌她这股砸碎旧世界的劲头，拿起挎包，甩下她一个人走了。

进了酒店包间，宋红玉、邓立钢和石毕已经到了，还有一个矮胖的男人，他是吉大顺。看见进来一个如此漂亮的女人，吉大顺的眼睛立刻直了。

石毕走过来，拉着邱枫在自己身边坐下。

酒菜很快上了桌。

邱枫满是歉意地说："我只有一个小时的时间，要去夜总会上班。"

石毕问她:"你一天挣多少钱?"

"一天三百。"邱枫说。

石毕立刻掏出来两千块钱给她。邱枫犹豫着拿还是不拿,邓立钢又掏出来一沓钱拍在桌子上:"当小姐不就是为了挣钱吗?我给你五千把你今天晚上的班买了。"

邱枫看着那两摞钱,手有点伸不出去。宋红玉拿起那摞钱,塞进邱枫的挎包里。邱枫被封了口,不好意思再提离开饭桌的事。

宋红玉问:"那个女孩怎么没来?"

邱枫说:"那孩子犟,特别不懂事,带出来搅局。"

"要了这么多的菜,她不来帮忙吃,浪费了可惜。打电话叫她来。"邓立钢掏出来手机。

邱枫摆摆手说:"剩下打包带回去给她就得了。"

邓立钢说:"吃剩饭多没诚意,还是叫她来吧。"

邱枫从自己的挎包里拿出来电话,拨通号码,没有人接。

邱枫心一松说:"不在家,不用管她。"

邓立钢派宋红玉去家里请她,宋红玉立刻起身去了。邱枫心里有点不明白:他们对一个小孩子这么上心,到底是为了啥?

甄珍今天决定好好犒劳一下自己,她在挂面里切了一根火腿肠,卧了一个鸡蛋。面煮好,她端着碗坐在沙发上，边吃边看电视，听见门铃响，出去开门。见是宋红玉，她怔了一下，不等她开口就说："邱枫不在家。"

"我是专程来请你的。"

"我已经跟她说了不去。"

"海鲜大酒楼，点了满满一桌子，你不去太可惜了。"

"我吃海鲜过敏。"

"给你点别的吃。"

"我跟你也不熟，为啥非让我去?"甄珍问。

宋红玉说："你是邱枫朋友的亲戚嘛。"

"我朋友跟她啥关系都没有，不用过意不去，放心吃你们的吧。"

甄珍怕宋红玉继续纠缠，索性锁上门走了，宋红玉追上去，伸手要拉她。甄珍闪开了："跟你说了我有事，没闲工夫去凑热闹。"

宋红玉一肚子气回到海鲜大酒楼，邓立钢见她一个人回来，知道不顺利，没有再说这个话题。

吃完饭，已经是夜里九点了，一行四人徒步往回走。邱枫挎着石毕的胳膊，两个人落在后面，聊得很开心。

邱枫问石毕："你老婆为啥跟你离婚?"

"一句话两句话说不清楚，前面就是我的工作室，想听就上去坐坐。"石毕态度诚恳地邀请她。

邱枫犹豫不决，石毕说："有啥不放心的? 哥们弟兄一起喝茶，我再有想法，也不敢当着他们把你怎么着吧?"

邱枫口袋里揣着七千块钱，也想再看看这个优质股男人的工作和生活条件怎么样。

她笑着说："好吧，就坐一会儿。"

工作室是顶楼的一个普通住宅。石毕烧水洗茶斟茶，吉大顺坐在一边跟邱枫聊天。他说："你身材像个模特，衣服跟你的气质搭配得特别对路子。戴假发套了吧？"

"你可真会夸人，我自己的头发。"邱枫笑。

吉大顺咂舌："又浓又密，真是天生丽质啊。"

邓立钢拿过来啤酒倒进玻璃杯里，他把其中的一杯推到邱枫跟前。

"不能喝了，再喝该醉了。"邱枫推辞。

"怕啥？有地方睡。我陪你喝一个。"

邓立钢端起面前的啤酒一饮而尽，他亮着杯底给邱枫看。邱枫无奈，只好也端起啤酒一口干了。

宋红玉在厨房里切水果盘，边切边听着外面的动静。她听到凳子倒地，发出一声闷响，知道事情成了。于是，宋红玉放下水果刀，从容地走了出去。

9

邱枫醒过来的时候，发现自己的四肢被结结实实地捆绑着。她口袋里的电话，挎包里的钱、身份证，包括那个钻石戒指，全部被翻出来放在了茶几上。沙发上坐着的那三男一女，完全不是在饭桌上的嘴脸了。

邱枫惊恐万分，声音颤抖着问："你们要干什么？"

三个人不回答，邱枫喊了起来："救命！救命啊！"

邓立钢一脚踢在她的肚子上，疼得她满地打滚。邓立钢把电话递给邱枫，让她给甄珍打电话，约她过来。

邱枫摇头说："我俩的关系特别僵，我约不来她。"邓立钢抬手给了她一个耳光，打得她两眼冒金星。还没等她反应过来，又一个耳光扇过来。血从嘴里流出来。邱枫拼命扭动身体，石毕给邱枫松绑，把她的手机递给她。

"他脾气特别暴，你还是赶紧打吧。"

邱枫拨号码，手机里电话铃声响着，没有人接。甄珍在家睡觉，邱枫拔掉的电话线没有插回去，座机死了一样，不声不响。邓立钢派宋红玉过去敲门，宋红玉去了，门硬是没有敲开。

第二天一早，宋红玉去饮食一条街，挨家店铺找打工的甄珍。甄珍正在麻辣烫店里穿串，看见宋红玉进来，不由一怔，随即垂下眼皮，继续干手里的活。

宋红玉说："找了一条街，才找到你。"

"找我干啥？"

"邱枫昨天晚上喝多了，醉得起不来，在我家躺着。我还要出去办事，你帮忙把她弄回家去吧。"

"我还没你力气大呢，你把她送回去吧，她身上有钥匙。"

"我一个人弄不了她。"

"我找一份工作不容易，现在离开这扇门，老板立刻就把我炒了。"

"你这人，连点亲情都没有。"

"我跟她是住在一起的邻居，没有任何关系。"

宋红玉越缠磨，甄珍越硬气。宋红玉出去打了个电话，回来说："邱枫要跟你说话。"甄珍不耐烦地接过来她的手机，电话里的邱枫吐字不清，听上去像酒醉还没醒。

"甄珍，姐姐求你，过来接一下我吧。"

甄珍不买她的账，怎么就成姐姐了？她说："我不是你妹妹，这种力气活还是找你的男朋友们干吧。"说完她挂了电话，回后厨干活去了，不再理会宋红玉的纠缠。宋红玉气得咬牙，又万般无奈，只得转身离开。

甄珍这一天下班很晚，路灯下，看到一个矮个子男人，往电线杆上贴小广告。甄珍看了那个男人一眼，没有看那个广告，从他身边走过去。这个矮个子男人就是吉大顺。看她走远了，吉大顺悻悻地把贴好的小广告撕了下来。

回到车上，打着了火，扫了一下油表。指针指向红格，油箱里的油马上就耗尽了。吉大顺打方向盘朝加油站开去。邓立钢给他打来电话，问："摁住那个丫头没有？"

吉大顺说："没有。"邓立钢骂他是废物，要他赶紧回来。

吉大顺说："我去加个油。"

"一次加五十块钱的，你就不能一次加满了？"

"油经常降价，加多了吃亏。"

"凉水烫鸡，一毛不拔。赶紧滚回来吧！"邓立钢在电话里吼起来。

吉大顺不敢拖延，油也不加了，急忙掉头往回开。

邱枫交出了银行卡的密码，邓立钢把她的手机递给她："给你爸打电话，先汇两万块钱过来，汇到你的卡上。"

邱枫不忍心跟家里要钱，拨号码的动作慢了一点，宋红玉立刻拿起老虎钳子，夹住她身上的一块肉，使劲一拧。邱枫疼得连声惨叫，父亲在电话里叫她的名字。

邱枫忍着剧痛，嘴唇哆嗦着说："爸，你给我汇两万块钱，我有急用。"

父亲问她，干啥用？邱枫按照石毕教的说："我有一个好朋友，带我做一宗现成的生意，纯利润百分之三十，机不可失！"

父亲在电话里跟她算总账："你给我们总共汇来十三万，你妈做手术花了……"

邱枫怕邓立钢知道她给家里寄过多少钱，立刻挂了电话。宋红玉一个嘴巴子扇在她的脸上，力气之大打得邱枫脑袋撞在墙上晕了过去。

第二天一早，甄珍在上班的路上，又看见那个矮冬瓜往电线杆上贴小广告。这下引起了她的好奇心，甄珍站住脚看广告上的内容：公司招人，男女不限，管吃管住，月薪五百块。

甄珍心里一动，问："你是负责贴小广告的？"

"要张贴的地方很多，他们忙不过来，我是这个公司里的人。"吉大顺说。

"待遇真够好的。"甄珍自言自语。

"招兵买马，条件差谁愿意来呀。想去吗?"吉大顺一脸真诚。

"没有身份证行吗?"

"如果面试合格了，这都不是问题。"

甄珍的眼睛一下亮了:"真的?"

"这种小事，公司里有专门的人去运作。"

"这个公司生产什么?"

"做礼品盒。"

甄珍彻底动心了，她要了一张小广告仔细看。上面有电话号码，没有地址。

"先打电话，负责招聘的人会告诉你地址。"吉大顺说。

甄珍准备在上班的时候，偷空出来打这个电话。走出去没多远，吉大顺追上去，把她叫住了。

"我手里没几张了，干脆我把你捎到公司去得了。"他说得很诚恳。

甄珍说:"我得先把班上了。"

吉大顺说:"机不可失，时不再来。名额有限，过了这个村，就没这个店了。"

"我必须去上班，如果你们那里没要我，眼下这份工作又丢了，这不是祸害人吗?"甄珍说出来自己的担心。

"你是做什么的?"吉大顺问。

"麻辣烫店穿肉串。"

"你这小姑娘，比我们公司的前台都漂亮，穿肉串白瞎材料了。公司离这里不远，开车十几分钟就到了，面试完我马上送你回来。"

甄珍犹豫了一下，还是拒绝了："我还是上班的时候，偷空打个电话吧。"

吉大顺说："我们只招五个人，公司说已经有六七个报名的了。"

吉大顺的这句话让甄珍站住了脚，他语气诚恳地说："走吧，走吧，几分钟就到了。"

吉大顺的车里脏乱不堪，有一股说不出来的怪味。吉大顺从后视镜里瞄着甄珍，他问甄珍是哪里的人，甄珍避开了雪城，说自己的家在满洲里。甄珍反问他，吉大顺也避开了雪城，说自己是沟帮子人。

油箱里的油耗干了，发出报警声，油表的指针摆到了尽头。吉大顺懊悔地拍了一下大腿，勉强把车开进一家加油站，吉大顺下车加油，随手把车门锁上了。这一举动引起了甄珍的警觉，她从里面试着开门，门开不开。加油站的工人过来加油，让车主打开油箱，油箱被打开的同时，车门锁也开了。甄珍推开门下车，撒腿就跑，加油站的工人吓了一跳。

"我侄女，逃学了被我抓回来，怕回家挨揍。"吉大顺讪笑。

他的话引起了加油工人的共鸣，他说："现在的孩子真是难管，我儿子骗我上学，其实是从家里偷了钱去网吧上网。"

吉大顺无心闲聊，加了半箱油立刻开车追甄珍。甄珍跑得飞快，风把她的头发全部吹到了脑后，听到身后有汽车追上来的声音，她立刻冲下便道，七拐八拐躲到一棵大树下，拼命地喘息着。

汽车声远了，甄珍还是不敢动，闭着眼睛躺在乱草堆里。四周静谧无声。一只鸟从她眼前飞过去。甄珍翻了个身，慢慢爬起来，顺着来路往回走。看见吉大顺的车远远地停在路边，甄珍不敢走了，退到一棵大树的后面，偷眼往那里瞧。耳边突然掠过一股冷风，后脑勺狠狠挨了一击，甄珍一声不吭地倒下了。

10

接到吉大顺打来的电话，宋红玉推着轮椅下了地库，等候在停车位那里。吉大顺的车开进车库，倒进车位里。吉大顺从车上下来，打开后备厢，把昏迷不醒的甄珍抱出来放在轮椅上。宋红玉立刻给甄珍戴上一顶帽子，遮住她的眉眼，用毯子盖住她被牢牢捆绑的手脚。他们推着甄珍上了电梯，电梯升到一楼，一对夫妻上电梯。他们看了一眼轮椅上熟睡的女孩子。宋红玉冲他们笑笑，那对夫妻把目光转向别处。

抓住了甄珍，没有了后顾之忧，石毕和邓立钢立刻进了她们的家。甄珍的房间里没有一件值钱的东西，只有一颗雕刻过的核桃。他们从邱枫的房间里搜出来人民币六千元、台币五千元、身份证一张，身份证上她的名字叫周孝兰。那张银行卡是他们必须进这个家的一个重要理由。

吉大顺把甄珍弄回来，没得到夸奖，反倒遭到一顿臭骂。邓立钢骂道："六指挠痒痒，非多这么一下子。油箱里油要是满的，能出这个岔子吗？你要是让她自己打电话联络我，也不会差点把事情搞砸。"

吉大顺说："这丫头太滑了，一抓一出溜，她要是不打这个电话，骗不来她，设计得再好，也没有用。不管咋说，战利品还是被我弄回屋了。"

甄珍头晕脑涨地醒过来，看见自己被胶带反捆着手脚扔在地上，不明白发生了什么事情。

吉大顺扳过她的脸，让她往旁边看。邱枫在身边坐着，她五官肿胀走形，完全看不出原来的模样了。甄珍吓坏了，挣扎着往起坐。宋红玉手里拎着一个不锈钢的饭铲子走过来，她一把扯住甄珍的头发，挥起饭铲左右开弓打甄珍的脸。甄珍被打得差点背过气去。

宋红玉咬牙切齿地骂道："我叫你再给老娘牛×！为了钓你，我花了两倍的时间，坏了老娘短平快的节奏。"

甄珍气得大叫："我招你惹你了，有本事你把我松开！"

宋红玉面带嘲笑，看了一眼屋里站着的三个男人。

"看我干啥？我可没有你口才好。"吉大顺说。

邓立钢站起身说："有日子没打人了，关节缺油了。"

他一脚把甄珍踹出去老远，甄珍疼得差点一口气没有上来。

"你讲完了本事，还要跟我论公平是不是？老子使了绑两个人的劲，到手一份钱。出去想着打老虎，带回来却是一只兔子。"邓立钢很是气恼。

"还不如兔子呢，是鸡肋，食之无味，弃之可惜。"石毕补了一刀。

宋红玉走到邱枫面前蹲下问："房子不是你的?"

邱枫摇头表示不是。

宋红玉掏出来她嘴里的东西："揍你，是你骗我，我回馈给你的奖赏。我做过调查，夜总会你的生意最好，赚了起码有五十万吧?"

邱枫使劲摇头，说："我才来滦城三个月，就算天天有生意，也赚不了那么多钱。"

吉大顺翻着邱枫的存折说："建设银行余额，人民币八千三百元；中国银行余额，人民币四千四百七十元。有两万块昨天刚被转走。"

宋红玉拿饭铲子狠狠抽了邱枫两下，骂道："你手咋这么欠!"

宋红玉扭过头，跟甄珍要银行卡和信用卡。甄珍说："我没银行卡，也没有信用卡。"

宋红玉用粗针扎甄珍的手指尖，她疼得心都快炸开了。吉大顺用胶条贴住她的嘴，叫她喊不出声来。甄珍觉得自己要死了，想到父母想到家，眼泪决堤一样喷涌而出。

洪霞完全崩溃了，不吃不喝满大街走。甄玉良明白，自己作为一家的顶梁柱，这个时候，不能再让老婆出事了，他不再跟她争吵，一步不落地跟着她。夫妻俩一天一次派出所。他们做梦都想不到，三千多公里外，自己的独生女儿正遭受着惨无人道的摧残。四个恶魔中，戴眼镜的石毕显得略有些人性，每次宋红玉暴打甄珍，石毕都会婉言劝阻。他越劝阻，宋红玉越暴力。十五岁的甄珍，禁不住这样的毒打，很快就没了人形。她气息微弱地躺在地上，心里只有一个念头：我要活下去，一定要活下去！

宋红玉恨甄珍，恨她给自己造成的麻烦太多。她报复性地折磨她，二十四小时不让睡觉。只要她打盹，就用针扎、用钳子捏，再不就使劲扇耳光。宋红玉管这种手法叫"熬鹰。"

石毕提醒宋红玉说："她这小身子板，哪禁得住你这么熬？老大指着她跟家里要钱呢。"

宋红玉站起身，狠狠地踢了甄珍一脚："她到现在都不说她家是哪里的。"

石毕把甄珍扶起来靠墙坐着。

他语气温和地问："一天没东西进肚，是不是又渴又饿？"

甄珍抬起肿胀的眼皮，看着他不说话。石毕从饮水机里接了一杯水递给甄珍，甄珍一口气喝光了。

石毕说："钱买不来命，还是命值钱。给你父母打个电话吧，让他们汇五万块钱过来，我们就放你回家。"

"我们家没钱。"甄珍说。

石毕看着她，目光中满是怜悯地说："那我可真就帮不了你了。"

甄珍的眼泪落下来。

石毕说："你才十五岁，觉得这个世界都是你的。现实要残酷得多，没有钱，这个世界，连看都懒得看你一眼。你父母就你这么一个孩子，为了你，他们会四处借钱的。五万块钱到了账，你能顺顺当当地回家，你要是真的死在这所房子里，实话告诉你，你爸妈连你的尸骨都见不着。"

甄珍止住哭声，抬起头看着他，声音嘶哑地问："你们真的会给我一刀？"

石毕说："不用刀，那东西溅血。我们用铁棍子，一根铁棍，一人一头，往下一压，颈椎骨就断了。趁着软和，抬进浴缸里卸了。"

甄珍身子一颤，双眼紧闭，双手捂住耳朵。

石毕抓住她的手腕，把她的手从耳朵上拉下来。

石毕说："你的短发好收拾，她的长发用剪子剪下来，打成绺，编成辫子，往美发店门口一放，收头发的就拿走了。骨头用克丝钳子一块一块夹碎，碎成手指盖那么大，骨头往江河湖海里面一扔。如果不具备这个条件，就把碎骨头放在饭店，或者骨头馆的门口，有收骨头的顺便就给收走了。无声操作法，外面一点都听不到动静。无声无血，留不下任何蛛丝马迹。你愿意这样从这个世界上消失吗？"

他语气温和，内容残忍，甄珍崩溃了，两手抱着脑袋，身子哆嗦成一团。

"好汉不吃眼前亏，还是给家里打个电话吧。"石毕把手机递给甄珍。

甄珍拨通了电话，遵照石毕的吩咐，按了免提键。电话铃刚响了一声，甄玉良立刻抓起了电话："甄珍吗？你是甄珍吗？"

连珠炮似的询问，叫甄珍几乎插不进话去。洪霞抢过电话连哭带喊："甄珍！甄珍！你在哪儿？快告诉妈妈！"

甄珍泪如雨下，极力克制着不让自己哭出来，她按照石毕教给她的台词说："我跟别人闹着玩，不小心把她推下楼去了，摔坏了脑袋，到现在昏迷不醒。要八万块钱的医疗费，否则就得进监狱。"

甄玉良一听就急了，问："你现在在哪里？我马上带钱过去。"

甄珍还没说话，就被石毕一把捂住嘴，电话挂断了。石毕注意到，电话号码是雪城的区号，他心里一惊，知道这下麻烦了，破了邓立钢不许沾雪城的规矩了。

甄玉良觉得这个电话相当蹊跷，怀疑女儿出了大事，立刻报了警。刑警大队接手了这个案子，我立即对甄珍家的电话布置了监听。

邓立钢知道甄珍是雪城人，愣了片刻，阴沉着脸说："我是说过，雪城的腥不能沾，既然已经坏了规矩，就必须榨出一桶油来，否则这一脚屎踩得太不值当了。叫这个丫头接着往家里打电话要钱。"

甄家接到了第二个电话，电话里甄珍的声音很镇定，她告诉父母一个银行卡号，让他们马上往里面汇钱。我立刻判断出，这孩子不是跟人闹着玩伤了人，她百分之八九十被人绑架了。

甄玉良和洪霞听了我的分析，腿都软了。我让甄玉良以要四处借钱为由，五千一笔一天一次，匀速地往卡里汇款，拖住对方。银行很快反馈回来信息，甄家汇的钱在滦城被人在ATM机上取走了。我吸取经验教训，立刻带人坐飞机飞往滦城。

杨博在飞机上问我："咱们就这么飞了，行吗？"

我说："咱们必须吸取上次的经验教训，先下手为强，回去领导那里我顶着。"

"这笔经费哪来的？"他问。

"跟我老婆借的，回来报销了还她。"

"还是你聪明，娶了个挣活钱的老婆。"

我叹了一口气说："我老婆嫁给我，就是嫁给了一个填钱的坑。我手里还有好多该报销的单据，现在都没给报呢。"

我们一行四人随着客流走出机场，马不停蹄地赶往银行，工作人员调出来取款录像，取款人竟然是吉大顺！我们兴奋得像中了百万元大奖，这伙王八蛋，销声匿迹多年，竟然破壳钻出来了！过去我们在明处，他们在暗处，现在我知道了我们在追谁。

邱枫身上的每一滴油都被榨干了，宋红玉还不死心，指着邱枫电话本上的一个号码问："这个人是谁？"

邱枫气息奄奄地回答："我前男友。"

宋红玉说："跟他要钱。"

"他结婚了，我要不出来。"

宋红玉抬腿给了她一脚，邱枫只得拨通了电话。台词跟以前一样，有一笔好生意，需要两万块钱周转。前男友立刻一口拒绝了。邱枫在宋红玉凶悍的眼神逼迫下说，一万也行。前男友依旧拒绝。宋红玉伸出一个巴掌，示意她要五千元。前男友索性挂了电话。邱枫放下电话，宋红玉一跃而起，骑在邱枫的身上，拿着不锈钢铲子照着她乳房等敏感部位一顿乱打，因为用力过猛，不锈钢饭铲变形扭成了麻花。邱枫痛不欲生，跪在地上哭号着哀求饶命。

邓立钢说："别往要命的地方打，死了还咋弄钱？你是不是看我睡过她，吃醋了？"

宋红玉抬起头，恨恨地看着他："你睡不睡，我都想往死了削她！醋这玩意儿伤胃，我天生不喜欢吃。"

"嘴说不吃，手可没闲着。"邓立钢嘴角挂着笑。

宋红玉说："嫌我动作不到位啊？"

她抓起榔头柄，手一扬，砸在邱枫的右额上。邱枫捂着脑袋在地上翻滚。

邓立钢把邱枫揪起来，鲜血从她的头上流下来。石毕撕旧衬衫给她裹伤。甄珍浑身颤抖，惊恐地看着宋红玉。

宋红玉手指着甄珍骂："这是教训，小王八蛋，你敢在我面前藏奸耍滑，看我一刀一刀细细地剁了你！"

邱枫的手机响了，显示屏上面出现齐伟两个字。这是邱枫曾经接待过的一个客人，知道他是武汉一家广告公司的经理。邓立钢逼着邱枫在电话里跟他要钱。对方觉得邱枫说话有气无力的，问她是不是病了，邱枫说："遇着点难事。我在北京开美发厅，定金都交了，后续款跟不上了。大哥你帮帮我呗，缓过手，我就还你。"

齐伟问她要多少钱，宋红玉用口型告诉邱枫，五万。齐伟说："我没那么多钱，给你两万行不行？"

邱枫一口答应了，随即把银行卡号告诉他。两万块钱很快上账了，这笔钱让邱枫喝上了一碗米汤。甄珍的手里只有半碗，原因是她家汇来的钱太少。

宋红玉闲得无聊，诈邱枫，说："你爸答应汇来的钱，根本没汇来，再跟你爸要。"

邱枫吓得赶紧把电话打过去："爸，你快给我汇钱啊，记着汇五万。"

邱枫的父亲一听急了，说："咱家存折上给你妈治病花了四万，剩下的九万块钱都给你汇去了，家里的存折上没钱了，到哪儿再去借五万？你别再贪那百分之三十的纯利润了。"

邱枫说："爸，你要是还想让我活着……"

宋红玉抢过来电话挂了，回手给了邱枫一记耳光。

11

滦城警方全力以赴，配合雪城公安局破案。市里这几天，被交警扣押的车辆全部派上了用场。市区里能用的柜员机八十台，八十辆汽车，每辆车上坐着三个警察，守着八十台柜员机。

银行到年关年底，所有的柜台柜员机将全部停机。我知道这一情况，立即通知银行说，如果有人用这张卡取钱，立即吞卡，让他上柜台取去。整整三天，没有动静。负责取款的吉大顺土拨鼠一样狡猾，他远远地看到每台柜员机前都有人和车守着，立刻溜回来，把情况汇报给了邓立钢："能用的 ATM 机我都转到了，每一台跟前都有车和人守着。是不是这两人的家里报了警？"

邓立钢的眼睛在邱枫的脸上扫了一圈。宋红玉上去踢了她一脚："你家竟敢报警？"

邱枫使劲摇头："不是我家，肯定不是我家。"

邓立钢的目光停留在甄珍的脸上，甄珍一脸无辜地看着他。这个十五岁的小丫头，看上去细嫩瘦弱，一把能折断了，骨子里硬得很。

邓立钢指着甄珍的鼻子骂："你爹妈跟警察串通好了给我下绊，一会儿我就拿钳子把你的牙一颗一颗拔下来，让他们看看，到底谁牛×！"

甄珍浑身发抖，可怜巴巴地看向石毕。石毕立刻起身离开了。

邓立钢凑到她的脸跟前说："这会儿想起来装白莲花了？你不是挺牛×吗？跟你说，只要是被老子一巴掌扣住的，只会一天比一天屄，这是撼不动的铁律。"

一个小时后，甄家的电话响了，邓立钢在电话里咬着牙根说："你挺有尿性啊，敢把警察派到我鼻子下面守着。既然你敢报案，那我只能把你闺女杀了。"

甄珍的父母，听到罪犯的声音吓了一跳。对方挂了电话，他们醒过味儿来，急得跳脚。负责监听的顾京，立刻拨通了我的电话。

我正在一家银行的门口盯着ATM机，面对邓立钢的直接挑战，一股火立刻蹿上头顶。我跟咖啡馆的服务员，要了一纸杯的冰块，咔吧咔吧地嚼着，顶到脑门上的火慢慢熄灭了。罪犯绑架杀人是为了钱，甄家往上打钱的那张卡里，还有六万块钱没有取，线索不会就这么轻易断了。

邓立钢当断则断，他让石毕带邱枫和甄珍去浴室。甄珍和邱枫不明白他要干什么。

邓立钢说："人出娘胎，第一件事是洗澡，咽这口气之前，最后一件事是净身。放水，让她俩好好泡一泡，去去一身的晦气。"

邱枫听他这样说，当下就哭了。甄珍看见她哭，知道事情不妙，心里很是害怕，她硬是咬着嘴唇，不让自己哭出来。

石毕把邱枫和甄珍领进浴室，拧开冷热水龙头，放了一浴缸水。然后给她们俩松了绑说："架子上有毛巾，舒舒服服泡个澡吧，洗干净了送你们回家。"

听到"回家"这两个字，邱枫知道末日到了，号啕出声；甄珍明白了回家的确切含义，眼泪扑簌簌地流下来。

石毕坐在浴缸沿上看着她俩哭，他叹了一口气说："女人谈感受，男人谈逻辑。你们今天能聚在这个房间里，有偶然性，也有必然性。别抱怨命运，每一步路都是自己走的。"

吉大顺买菜回来了，带回来一箱啤酒。宋红玉切好了菜，邓立钢让她去卫生间换石毕过来炒菜，说她炒的菜水啦吧唧，白瞎材料。

宋红玉本来就不喜欢炒菜做饭，这些是女人的差事。她兴致很高地进卧室，打开抽屉，拿出一个银手镯，套在手腕上，走进卫生间接替了石毕。

宋红玉用刀逼着邱枫和甄珍，让她们脱光了衣服，坐进了浴盆里。她把衣服卷成两卷扔在角落里。浴盆里一大一小两个女人，面容憔悴，遍体鳞伤。

宋红玉把玩着手里的刀，旋转出了一圈耀眼弧线。甄珍死死地盯着她，想看她下一步要做什么。

宋红玉停住手，用刀尖点着甄珍的额头说："自从看见你，就觉得你有一股劲，眼熟不知道像谁，我终于想起来了，你跟那个叫黄莺的丫头有一拼，死犟死犟的，煮烂的鸭子，肉烂嘴不烂。我用实际行动让她明白了，刀子确实比她的嘴巴硬。那骚货让我剔了个仔细，除了一挂大肠，啥都没剩下。"

说完宋红玉阴阴地笑了，一口整齐的白牙，让邱枫打了个寒战。愤怒涨得甄珍胸口憋闷，她死死地瞪着这个阴气森森的女人。

宋红玉说："你想用眼皮把我夹死啊？黄莺那个贱人

跟我说，这个手镯是她祖上传给她的，非常珍贵。既然都珍贵了，那肯定值点钱，我没卖，留着当个战利品收着。"

宋红玉从手腕上撸下来那个银手镯，拽过来甄珍的胳膊，把那个手镯套在她的手腕上。

甄珍往下撸，宋红玉用刀尖点了一下她的胸口，说："不是送你，沾点你的血腥气，等你上了黄泉路，手镯自然还是我的。"

甄珍挣扎，胸口被剔肉刀划出一条一条的血印。

宋红玉咬着牙根说："你再敢往下撸它，我用刀一条一条地往下割你的肉。"

甄珍不动了，手镯上宋红玉的体温和她的体温融合在一起，让她觉得周身发冷，眼前一阵阵地发黑。宋红玉在浴缸旁边坐下，她揪着邱枫的头发，把她拽到跟前。邱枫吓得死死地闭上眼睛。

宋红玉盯着她的脸看了一会儿问："你觉得你好看，还是我好看？"

邱枫哭出了声，宋红玉举起手里的剔肉刀，邱枫立刻把哭声憋了回去。

宋红玉放下刀，她问邱枫："知道我为啥打你吗？"

邱枫目光呆滞地看着她，摇摇头。

"我在你的身上，看见了过去的自己。"宋红玉说得很真诚。

她的话叫人觉得很意外，甄珍抬起头，目光盯在她的脸上。

"整天跟男人们混在一起，没个能聊天的人，我也憋闷得慌。都是女人，我也跟你们掏一回心窝子。反正你们俩这辈子是走不出这间屋子了，料你们也没本事把闲话传出去。"

甄珍和邱枫低着脑袋谁也不说话。

宋红玉靠在墙上语气很轻，像是在自言自语。

我家在桦原县，十四岁的时候，我妈得了乳腺癌，家里卖房子卖地，借了很多钱去治病，没能留住她。我十五岁出来打工挣钱，帮家里还债。我在发廊做过洗头小工、在菜市场卖过水果、做过小时工、帮人遛过狗，拿到钱第一时间就往家里寄。十八岁的时候认识了一个煤老板，那人很大方，给我钱，帮我养活父亲和弟弟。两人同居了。半年后煤老板的老婆找上门，对我极尽羞辱，把我辛辛苦苦攒下来的钱全部拿走了，说是精神补偿。煤老板一句向着我的话都没说，跟着老婆撤回山西老家去了。

经人介绍，我做了酒吧促销员，工作时间不限定，一周随便去几次，去一次两百元。说是每周结算，但是每周都要卡一部分钱，为的是让人留在那里长久一点。每天八点钟集合，排队分组，每组人负责一个区域，浓妆高跟鞋是必需的。工作是陪客人喝酒玩游戏，没客人就充当美女客人。客人当中有学生，有成家立业了的中年男人。

推销酒的时候，我认识了邓立钢，他看我打扮时髦，长得漂亮，开始套我。我推销多贵的酒他都买，他脖子上挂着金链子，手腕上戴着名牌表，看上去很有钱。跟他在一起的石毕话语不多，对女人很体贴。我拿着酒杯过来陪他们，我叫过服务员，要一打啤酒。邓立钢说，我们要过酒了。我说，我陪你们喝，那点酒不够。邓立钢来了情绪，由着我喝他桌上的酒。半个钟头，一打啤酒喝完了一大半。见邓立钢没有再要酒的意思，我说，我们来玩猜码怎么样？邓立钢说，我不会。我教他，我摇骰子受过专业训练，轻巧敏捷。邓立钢知道我做了手脚也不拆穿我。喝到半夜，酒上了三拨，钱完全花到位了，邓立钢不再加酒，我找了个借口溜了。

第二天邓立钢和石毕又去了，我看见他们，笑着过来劝酒。

我说，酒吧里的促销小姐并不是真正的啤酒促销员。我们每天晚上陪客人喝酒，让客人多掏钱买酒，玩骰子，不论输赢，总有人喝酒。喝完了就买，这样目的就达到了，促销小姐比服务员的收入要高得多。

泡完酒吧，邓立钢邀请我出来喝茶。我去了，茶馆里喝完茶，送我回家的路上，邓立钢邀请我上家里去坐坐。这是一处高档小区，是我梦寐以求想获得居住权的地方。于是我去了，电梯上了顶层。我在沙发上坐下，环顾四周，房间里干净整洁，弥漫着一股说不出来的味道。石毕打开冰箱从里面拿出来一瓶冰镇可乐递给我，他也拿了一瓶，打开盖子喝了。我喝完觉得不舒服，非要回家，走出大门，就倒在那里。邓立钢刚把我拽回去，就有人上楼了……

早晨我醒了，看到自己躺在床上，手被绑着动弹不得，想起来昨天晚上发生的事情，明白自己被绑架了。邓立钢把我揪得站起来，他跟我要钱。我说，我没钱。邓立钢问，你一天二百，在酒吧里挣的钱呢？

我说，寄家里去了。邓立钢让我打电话跟家里要钱，我说家里没有电话，也没有钱。邓立钢说，那你就活着出不去了。

当时我腿一软跪在地上，石毕扶起我。我说，我没事，让我这样待一会儿。我低着头，眼泪滴滴答答落下来，眼见着在地板上砸出了一个一个小小的水洼。邓立钢抽着烟，像看舞台演出一样看着我。我抬起头，平静地问他，我会怎么死？邓立钢一怔，他说我被绑架后的反应，跟他绑架过的所有人都不同。

他说，随便。石毕看了他一眼，问我，用帮忙吗？我说，不用。邓立钢笑着把一把剔肉的刀扔到我跟前。他说，我八岁的时候就去外面学了武术。再给你一把刀，五个你攒在一起，也别想从我的手里溜走。我说，死算个啥？泡在糟烂的生活里，我早就不想活了，两眼一闭再也不用承担责任，再也不用拼命挣钱养家了。我坐起来，把刀拿在手里，挽起胳膊看着手腕。

石毕问，你真不怕死啊？我说，命不就是一口气吗？没啥大不了的。我把刀放在手腕上，做出切的样子。邓立钢提醒我，动脉不在那个地方。他走过来，拿起我的手，把刀挪到准确的位置。我眼睛看着他，一刀切下去，血立刻蹿出来。邓立钢沉住气等待我求救。我两眼紧闭，一言不发，任由鲜血淅淅沥沥地落在地板上。石毕说，看出来你心里有恨啊，这么死法连眼睛都合不上。我说，当然有恨。石毕问，你恨谁？我说，恨你、恨他、恨自己、恨男人、恨女人，恨这个世界。邓立钢抓起一条手巾走过去缠住我的伤口，我睁开眼睛看着他问，你想干啥？

邓立钢说，跟我一起干吧，捎带着把你恨的人一溜干翻。

后来我私底下问他，你为啥这么做？邓立钢说，你这个娘们儿太有尿性了，你对自己都这么狠，对别人肯定没的说。拉你入伙的好处是，女人负责往回带人更简单方便。

从那一天开始，我跟他们一伙开始作案。邓立钢喜欢我，我胆子大，不怕困难，不怕死，不奴颜婢膝。我负责在夜总会里往回带人，邓立钢他们负责敲诈勒索。我这个人长得看上去没有一点进攻性，女人对我没有防范心理，我一钓一个准儿。邓立钢给了我足够的还清家里债务的钱，给了我想要的生活，给了我一个女人需要的爱。他让我把灵魂深处的东西全部翻腾出来了，他让我活得无德无情，无拘无束。

邓立钢说，这一单做完，带我去别的城市享福。我不领情，说去另一个操蛋的城市，住在另一个操蛋的房子里没意思。邓立钢问，那你想干什么？我说，回家。邓立钢威胁我，你不跟着我，我就去你家，把你爸跟你弟弟都杀了。在我手里过了这么多人，也不差你家这两个人。我问，你怎么不现在就把我杀了？他回答得很直率，因为喜欢啊。我问，不喜欢就处理掉了？邓立钢看着我笑，说一日入局终身入局，你最好让我永远喜欢着……

宋红玉的话让甄珍和邱枫起了一身鸡皮疙瘩，面前站着的到底是个什么样的女人啊！

石毕推门进来，瞭了一眼浴缸里泡着的人，把两瓶可乐放在浴缸旁边。

宋红玉问："饭好了吗？"

石毕说："还有一条清蒸鱼，八分钟就好，你去吃饭吧。"

宋红玉跟在他的后面出去，随手从外面把浴室的门锁上了。

邱枫明白她活着出不去了，哭得抬不起头来。没什么社会阅历的甄珍，反倒比她冷静，两只眼睛骨碌碌转着，四处查看。

浴室的墙角处立着一台绞肉机，浴缸下面有一块活动的瓷砖，里面是为下水道留的检修孔。对面墙一人高的地方，有一扇窄小的窗子。她看到浴室门上有一个插销。像看到了一线生机，脑袋里像有一百只蜜蜂在嗡嗡地飞。她使劲晃了一下头，让自己镇定下来。

邱枫不哭了，从水里爬出来，拿过来浴缸旁边的可乐，扭开瓶盖就要喝。

甄珍一把抢过来说："这里面肯定下药了。"

邱枫说："我知道，反正不能活着出去了，怎么死还不是个死？"

邱枫抢过瓶子喝了一口，甄珍又抢了过去，把瓶子里的可乐全部倒在地上。

12

邓立钢、石毕、吉大顺和宋红玉围着饭桌吃饭喝酒。

吉大顺说："今天桌上都是硬菜啊。"

"一会儿要出大力气，得吃饱喝足才干得动。"邓立钢说完扭头看了吉大顺一眼，顺手亲昵地在他的脖梗子上拍了一掌，"猪学会了上树，你竟然能看出来公安布置的陷阱，为这个咱哥俩碰一个。"

吉大顺一脸得意："我的姓名不是白给的。吉，吉祥；顺，顺畅——我吉大顺特别地扎西德勒。"

宋红玉说："你扎西德勒个屁呀，在岩辉城的时候，要不是老大盯得紧，那颗头骨指不定惹出啥祸事呢。"

吉大顺见宋红玉揭了他的老底，立刻低下头，扒拉盘子里的菜。

邓立钢说："你这人啊，脑袋里有坑，偏又贪财好色。去年，旧病复发，喜欢上了一个年轻的女孩，非要带着她一起浪迹天涯。"

石毕问："哎，大顺，你说说，那个女孩到底哪儿好?"

吉大顺说："胸大，屁股翘，嘴唇软和得像面条。"

石毕噗嗤一声笑了。

"你看你，我正说在兴头上呢。"吉大顺觉得石毕扫了他的兴。

邓立钢说："你他妈的光吸溜面条了，没注意她的眼睛。这个女孩性格暴躁，不好控制，一旦翻脸，肯定能坏了咱们的大事。"

石毕说："你记住，女人是火车路过的站台，钱财才是男人的终极目标。好看的女人，危险性高。你不听老大的，那就不是危险性的问题了，是货真价实的危险。"

吉大顺不再言语，吸溜吸溜地喝着汤。

女人的哭声清晰地传过来。吉大顺放下汤勺，转移了话题，问道："是哪个在哭?"

宋红玉用鼻子哼了一声："姓邱的那个，岁数小的那个倒比她有尿性。"

初生牛犊不怕虎，"死"这个字对甄珍来说，没有比她大八岁的邱枫体验得那么深刻。水已经凉透了，甄珍从浴缸里爬出来，从角落里拿过来胸罩短裤套在身上，寒意从体外蔓延到心里。邱枫坐在浴缸沿上一直在哭，她越哭越绝望，甄珍拽了一条毛巾，披在邱枫的身上。伸出胳膊搂住她，轻轻拍着她的后背。邱枫伸开双臂搂住她号啕大哭起来，甄珍也被她带哭了。

邓立钢怕哭声被外边听见，一巴掌拍在桌子上，站起来要往浴室走。门铃突然响了，邓立钢立刻站住脚，给宋红玉使了一个眼色。宋红玉抓起剔肉刀，冲进卫生间。

门口站着房东两口子，按门铃见没人应，拿出来钥匙准备开门。门开了，邓立钢迎了出去，石毕跟在他的后面。男房东的目光从两个男人的脸上扫过去，问道："这么按门铃，怎么就不出来开门呢？"

"我兄弟从外地来，高兴！喝得有点多，睡过去了没听见。"邓立钢面带歉疚地回答。

男房东说："楼下住户卫生间屋顶漏水，说我这房子的防水没有做好，我得进去看看。要真是我这里的事，还得把卫生间的地面刨开，重新做防水。"

邓立钢说："你现在不能去，我老婆在浴室里面洗澡呢。我还是跟你下去看看，是不是咱们房子的事。"

宋红玉用刀尖逼住甄珍和邱枫，勒令她俩止住哭声，宋红玉侧耳细听，听到外面嘈杂的脚步声走远了，她决定出去看看，走出卫生间，再次用钥匙锁上了门。甄珍立刻跳出浴缸，把门从里面闩上了。她拿起浴缸下面的那块瓷砖，使尽全身力气，朝那扇窄小的窗子砸去。窗子上的玻璃碎了，风灌了进来。

宋红玉刚走到屋门口，就听到玻璃破碎的声音，立即跑回来，用钥匙开卫生间的门。门被插销从里面闩住推不开，她抡起斧子想砸。这时，楼下房东说话的声音清晰地传上来。宋红玉怕动静大，惊动了房东，重新锁上了卫生间的门。吉大顺从卧室里钻出来，问："哪里的玻璃碎了？"

宋红玉骂道："浴室，那两个贱货，从里面把浴室门锁上了。"

"你赶紧找老大拿主意，我按老规矩还是到外面车里等着，警报解除，打电话告诉我。"

两人说着一起出门去了。

听到屋门锁被撞上的声音，邱枫从浴缸里跳了出来，挣扎着往窗子上爬，她的胳膊肘勉强能够到窗台，却没有力气撑上去。

"窗子太窄了，就算能上去，我也钻不出去。"她满脸绝望。

甄珍说："我能钻出去。"

"这里不是一楼，你钻出去能怎么样？"邱枫问得有气无力。

"大声呼救，就算我掉下去摔死了，院子里的人看见了，也会立刻报警。"

邱枫点点头，她蹲下身子，让甄珍踩着她的肩膀。邱枫两条腿打着颤，挣扎着站起来。甄珍爬上窗台，硬是从打烂玻璃的窄窗子里面爬了出去，碎玻璃磕划得她周身上下鲜血淋漓。

邓立钢和石毕正跟楼下业主讨论漏水的事情，宋红玉找来在邓立钢的耳边嘀咕了几句。邓立钢立刻对房东说："你们再好好查查。家里来人了，我们得回去招呼一下。"说完他拽了石毕一把，三个人一起走了。

甄珍钻出窗子，看到窗子旁边焊着一个放空调的铁架子。她爬过去，慢慢直起腰，站在空调上面。地面离她近七八十米远，寒冷和恐惧让她抖成了一片枯叶。甄珍用余光看到，隔壁房间的空调离她站着的地方有一米多远，她决定迈过去。楼下健身区活动的人，注意到了顶楼窗户上站着一位少女。一个传十个，人们很快聚拢过来，仰着头往上看。那少女浑身是血，近乎半裸地站立在空调上面。人们大声喊叫起来，不让她往下跳。有人掏出手机报了警，说小区里有人要跳楼。

甄珍一跃而起，跳到了隔壁的空调上，她身子晃了两晃，差点栽下去，健身活动区响起一片惊呼声。甄珍站稳了身子，捡起空调架上的半截砖头，使尽全身力气，砸烂了玻璃窗钻了进去。吉大顺把这一切看在眼里，知道事情不妙，一溜小跑出了小区。

隔壁家里没有人，看到茶几上的电话机，甄珍立刻抓起来拨110报警。她听到有人尖叫："我被绑架了！"少顷，才明白原来是自己在尖叫。甄珍努力让自己镇定下来，她声音哆嗦着说："我被绑架了！已经逃到了隔壁，还有一个女的被囚禁在浴室里，快来救她。"说完号啕大哭，对方再问什么，她完全听不见了。

甄珍哭着扔了电话，抓起沙发上一件男人的两用绒线衫披在身上。她跑到门廊里，拿起鞋架子上一双男人的运动鞋，套在脚上。

开门出去，甄珍发现自己所在的位置是顶楼。杂乱的脚步声顺着楼梯往上跑，电梯从下面快速往上升。甄珍知道，这一切都是冲她来的。绝对不能在这个时候，顺着楼梯往下跑。她急忙退回到刚出来的那间屋子，把门从里面锁上。脚步声到了隔壁的门口停下，甄珍的心都快从嗓子眼里跳出来了。她屏住呼吸，从猫眼里往外看。邓立钢站在隔壁的门口，准备掏钥匙开门。这时电梯到达顶层，门开了，两个小区的保安从电梯里出来，看到邓立钢站在门口。

身材魁梧的保安说："下面有群众反映，这个单元的楼层有一个女的要跳楼。"

邓立钢心中一惊，问："跳了？"

壮保安说："打碎玻璃钻回屋去了。"

邓立钢平静下来，说："肯定不是我家，我老婆在楼下。"

瘦保安走过来，敲甄珍藏身的那扇门，甄珍屏住呼吸，一声不敢吭。她知道邓立钢是魔鬼，两个保安也未见得拦得住他。这扇门开不得。

瘦保安说："这家没人，还是让我们去你家看看，回去我们对领导也有个交代。"

邓立钢浑身上下摸了一遍："我忘带钥匙了，得下去找我老婆要她的钥匙。"

两个保安跟他上了电梯，电梯快速下降。

甄珍乘机打开房门，冲下楼梯，连滚带爬地往下跑。

接到报警，110警车开进小区，小区里的人立刻围了上去，三个巡警从车上下来，一个巡警冲着壮保安说："有个女孩报警，说自己被绑架了，电话的IP地址是这个小区8号楼1单元3001房间。女孩说，隔壁的房间还有一个女人被囚禁在浴室里。"

壮保安扭头找邓立钢，他已踪迹皆无。石毕和宋红玉，先邓立钢一步逃出小区。甄珍跑到单元门口，看见一群人围着警车七嘴八舌地说什么，她像见到了救星，撒腿就往那里跑。突然她被拦腰拽回来抱住，那人的手臂铁铸般硬，死死箍着甄珍的腰，另一只手紧紧捂住甄珍的嘴。他像阻止女朋友胡闹的情人一样，拖着甄珍从一楼底商的后门穿出去了。美发店的师傅站在门口，抽着烟看热闹。

这一对男女撕扯拖拽着从美发师面前走过去，他觉得有些好奇，女人瘦小，套着一件不合体的男式外套，脚上套着一双大码男式运动鞋，裸露的两条腿上很多处割伤，还在流血。女人的嘴被捂着，一双眼睛里满是惊恐。美发师上前追了两步。邓立钢扭过头，匕首一样的目光扎过来，美发师像被定住一样，站在那里不敢动了。

13

吉大顺的车一直打着火停在路边，石毕和宋红玉已经坐在车上。见邓立钢拖着甄珍走到小区后街，吉大顺立刻开车迎了上去。车停在邓立钢身边，吉大顺跳下车，打开后备厢，掏出来一块破布，塞进甄珍的嘴里，把她塞进后备厢。车门后备厢全部落锁。坐在副驾的邓立钢长舒了一口气，把袖筒里藏着的一把匕首插进了靴筒里。汽车吼叫着以最快的速度离开。这次出逃比以往都狼狈，不但赃物没带出来，还把邱枫这个重要的人质留给了警方。

邓立钢咬着牙根骂道："看这个小丫头像只兔子，其实她是只狼。这次绝对不能让她溜了。到了安全的地方，我要亲手把她大卸八块，再细细地绞成肉馅喂野狗。"

吉大顺问："哪儿安全?"

邓立钢说："上高速!"

甄珍在后备厢里被颠得头昏眼花，她弓着腰身曲着腿，努力让两只被绑在后面的手，摸索着可以碰到的一切东西。连累带憋浑身是汗，甄珍的手碰到了一个拉手，她像捞到救命稻草一样，死死地攥住了那个拉手。

监控显示，吉大顺开的那辆车在几十个 ATM 机前都有过停留。那辆车最后出现的地方在滦城和业小区附近，这个消息让我们离邓立钢靠近了一大步。

我接到滦城公安局打来的电话，说被绑架者打 110 电话求救，那个电话的 IP 地址是和业小区 8 号楼 1 单元 3001 室。车和人的信息都对上了，我立刻驾车直奔和业小区。

吉大顺车开得飞快。前方路口红灯突然亮了，吉大顺来不及踩刹车，跟绿灯路口开来的一辆车撞在一起，吉大顺的车冲上马路牙子，撞在一棵树上，车立刻熄了火。再打火，怎么也打不着了。邓立钢和石毕开车门跳下车，使劲把车推下马路牙子，吉大顺再打火，车发动起来了。

吉大顺打着方向盘，就在邓立钢和石毕开门上车的瞬间，后备厢里的甄珍用尽全身的力气，拉动了那个拉手。后备厢盖弹开，甄珍从后备厢里滚落在马路上。马路上一片紧急刹车声，邓立钢从后视镜里看到了趴在马路上的甄珍，立刻叫道："停车！停车！"吉大顺一脚刹车，邓立钢跳下车，飞快地朝甄珍跑过去。

我的车从对面开过来，将这一幕清清楚楚地看在眼里。我一眼认出来从车上下来的人是邓立钢，略一减速，杨博立刻拉开副驾的门，跳下车去。

邓立钢见势不妙，立刻反身逃回到车上。吉大顺把油门踩到了底，敞着后备厢盖的汽车，箭一样蹿了出去。

我血灌瞳仁，疯了一样，大声喊叫着，狠踩油门追了上去，我用眼角的余光从后视镜里看到，杨博扶起来趴在马路上的甄珍，甄珍连喊带叫，连踢带咬。看她那股子拼劲，我知道，这丫头活下来了。现在，我的眼里没有别的了，只有前面那辆车和车里坐着的那帮混蛋！

我和前车的距离眼看越缩越小，一辆满载物品的大货车从岔道拐上来。吉大顺开车擦着大货车的车身超了过去。大货车司机下意识躲闪，车尾甩向一旁。车上的纸箱子掉下来，噼里啪啦地砸在路面上。

我急打方向盘，躲闪避开货车甩过来的车尾，我的车撞在路边的栏杆上，汽车熄火了。前面那辆车一路烟尘很快不见了踪影，我急得跳脚骂街，也无济于事。

在通往高速公路的岔道口上，我找到了那辆被遗弃的车。邓立钢这伙王八蛋，又从我的指头缝里溜走了。

邱枫被救出来的时候，几乎崩溃了。她蜷缩在角落里，抖成一团。她听见外面进来嘈杂的脚步声，吓得两手抱头，死死地闭着眼睛。心里一遍一遍地默念："这是梦，一定是梦！求求你，快醒过来吧。"

浴室的门被敲响，邱枫觉得死活走不出噩梦了。一个陌生的声音在门外说："我是警察，有个女孩子报了警，我们来救你。"

邱枫不敢相信自己的耳朵，蜷缩在那里，一动不敢动。警察破门而入，邱枫失声尖叫，凄厉的喊声传出去很远。房东夫妻看见她一丝不挂、遍体鳞伤的样子，吓得话都连不成句了。男房东说："我……我不知道，我们……我们真的不知道啊。"

邱枫和甄珍获救后，被送进了医院，邱枫噩梦连连。她梦见自己被横七竖八的钢筋水泥死死地困在缝隙中，喘不上来气。她两手抓住胸口，大声喊叫，可是怎么也喊不出声来。她被憋醒了，喘息着睁开眼睛。看到头顶上方的液体，一滴一滴地往下滴着。她才明白自己真的活着逃出魔爪了。

我陪着甄珍走进病房，邱枫挣扎着爬起来，跟甄珍紧紧地拥抱在一起，泪水打湿了彼此的肩头。

邱枫呜咽着说："真没想到，还能活着见到你。"

"没有你，我也逃不出来。姐，咱俩都活着出来了！"甄珍流着眼泪说。

我问甄珍："你这么小的年龄，竟然这么勇敢。站在三十层楼高的地方，你一点儿都不害怕吗？"

甄珍说："生死面前，我已经忘了啥叫害怕，看见隔壁的窗户，像看见了一条活路。我给我自己打气，我说，甄珍，你必须过去，过去了，你有机会活下来，邱枫也有机会活下来。我都没想到，我能跳得那么准。"

医生进来查房，看见甄珍在这里，他说："回病房好好躺着，还有一些检查要做。"

我看了一眼邱枫，问医生："她怎么样？"

医生说："右额头骨粉碎性骨折，左侧三根肋骨骨折。断了的肋骨扎到了肺，导致血气胸，是否有别的内伤，需要进一步检查。"

这时，甄玉良和洪霞神情激动地冲进病房，面前站着的女儿，叫他们吃了一惊。可怜的甄珍瘦骨嶙峋、遍体鳞伤，一双大眼睛深陷在眼眶里。洪霞心如刀绞，一把抱住甄珍，甄玉良走过去搂住女儿。一家三口紧紧地抱在一起，号啕大哭。

我扶着邱枫慢慢坐起来，甄珍走过来，拉着她的一只手说："一出院，我就回雪城了，不能在这儿陪你。"

邱枫说："为了以后的生活，咱俩一下都不要回头，彻底把经历过的痛苦全部忘记。"

甄珍问："以后不再见面了？"

邱枫态度坚决地说："不联系，不见面。"

过去邓立钢团伙作完案，会把地仔细拖一遍，再用酒精细细地涂抹一回；脚印指纹处理得干干净净，不留痕迹。撤离的时候，用空气清新剂把屋子喷一遍。这次仓惶出逃，什么都没来得及做，房间里留下了指纹。经查对，指纹跟1103大案的案犯邓立钢、石毕、吉大顺吻合，其中一个女人的指纹应该是宋红玉的。这个绑架案，跟雪城碧水家园的1103大案并案了。

这次解救行动，算不上成功，被绑架者是自救活下来的。我的心里满是挫败感，这是我跟邓立钢第二次擦肩而过了。晚上睡不着，我一遍遍虚拟着既能保护人质，又能抓住罪犯的方案。可虚拟就是虚拟，一切已经不可挽回。我只能重回老路，抓住目前唯一的线索，那就是甄珍父母往里打钱的那张卡，卡上面还有六万块钱。

邓立钢这个混蛋，反侦查能力很强，我跟他，总是相差半步。他到一个地方，换一个手机号，我就得重新确定上监听。追着追着，在山西境内我竟然把他追丢了。我像没头苍蝇一样，四处乱转，一度完全失去了这伙罪犯的线索。后来我才知道，他们上了五台山躲避风头。寺庙是清净之地，住下来不看身份证，也不用登记。

开始时，住在五台山的邓立钢很虔诚，天天烧香祷告，求菩萨保佑他平安无事。半个月后，紧绷着的神经松下来，看到庙里的捐款箱里每天塞满了钱。那个文殊寺的大和尚，下山去办事的时候，开着的车竟然是一辆宝马。邓立钢立刻动了绑架大和尚的念头。私下里他跟石毕商量，该怎么做。

石毕说："你明天早上四点半起床，出来看一看，心里就有主意了。"

第二天天刚亮，邓立钢挣扎着爬起来，走到院子里，看到大和尚正领着弟子们在练拳。弟子们队列整齐，出拳迅速，喊声震耳。一套组合拳结束，大和尚出来做动作展示。他身轻如燕，出拳如闪电霹雳；俯冲如捉兔之鹰，奔跑如捕鼠之猫；出手软如棉，沾身硬似铁。邓立钢看得目瞪口呆，明白十个他也别想近身老和尚。邓立钢立刻打消了念头，叫醒了同伙的三个人："收拾东西，下山！"

他们前脚叫了一辆黑车下了五台山，我们后脚就租了那辆黑车上了山。

开车的小伙子健谈，他说昨天送下山的那几个人，跟我们说话的口音一模一样。

"男的女的？"我的神经立刻绷紧了。

"三男一女，钱给得大方，临了还给了我一串菩提子的手串。"

"他们说去哪里了没有？"

"我把他们送到火车站，就接了下一拨客人上山了。"小伙子摇着头说。

一瓢凉水浇在头上，我明白又扑了个空。所幸的是，那张银行卡在梅岭市有了动静。一天中，被连续取走了两万块钱，取钱的人依旧是吉大顺。我们起身追到梅岭市，我跟林晖化装成保安，杨博和葛守佳化装成拉板车的，守在这伙人取过钱的地方。

一周过去了，那张银行卡再没有一点动静。经费告罄了。局里有规定，出差在外，一个人一天八十五块钱。住地下室四十五块钱，技侦是当地警局支援的，车费、饭费都要从我们的这笔钱里出。不够，我就自己掏腰包往里面补。腰包掏空了，打电话跟局里要钱，上面给我下达的指示是，你马上回来。

我灰头土脸地回到局里，姜局长说："人救回来了，你已经完成了任务。局里的案子这么多，咱们人手不够，你追了这么长久，结果不理想。我看，还是先撤一段时间吧。"

"如果能给我保障经费，再给我半个月时间，我肯定能把这伙王八蛋的蛋黄敲出来。"我恨得牙根咬出了血。

姜局长说："这就是现实，没有如果。"

案子就这么搁浅了。我心里明白，不是领导不让做，是局里没有这个精力和财力了。

14

甄珍活着回到了父母身边后，有了严重的心理问题。不能提被绑架的事情，一提她就浑身颤抖，说话连不成句子。她不敢去上学，不敢去陌生的地方，不能面对陌生人。白天精神恍惚，晚上噩梦连绵。洪霞因为女儿离家出走，很是自责；甄玉良也因女儿的悲惨遭遇，不能原谅洪霞。甄珍救回来了，他们的夫妻关系反倒濒临破裂。眼下女儿终日闭门不出，跟父母一句话没有。甄玉良带着甄珍去医院看病，他跟医生介绍病情说："她的心跳特别快、呼吸急促，厉害的时候会上不来气。"

医生替他补充："有窒息感、濒死感、失控感。"

甄玉良点头："对，对！"

医生问："是不是经常大汗淋漓，浑身没劲，还会腹泻？"

甄玉良说："没错。"

"这是惊恐发作的典型症状。"医生说着拿起笔写病例，"服一个星期的药试试看，这种病得慢慢调养。"

夜里，洪霞和甄玉良背对着背，谁也睡不着。甄珍在梦里连声惨叫，安顿好她，回到床上，夫妻俩心有余悸。

甄玉良长叹一口气说："好好的一个孩子，凭啥遭这样的罪呀！"

洪霞说："整件事是我引起的，我死的心思都有了。你就别一针一针地扎我了。"

甄玉良坐起来靠在床上，他说："为了甄珍，咱俩吵了无数架。解决问题了吗？没有。心理医生建议，最好带她换一个环境，去没有人知道她过去的地方。这样她会慢慢康复，咱们家的日子也会慢慢走上正轨。"

洪霞也翻身坐起来，她问："我们的家在这里，还能去哪儿?"

"回老家,我父母盼着我们回去呢。"甄玉良说。

洪霞的眉头皱起来说:"房贷还没还完呢,不能扔在这儿啊。"

甄玉良说:"房子租出去,用房租还贷款。我去意已定,如果你不愿意走,那我带着甄珍走。工作我已经找好了,甄珍的学校也好联系。这场祸是父母带给她的,为了她,我们做点牺牲是应该的。"

洪霞看蔫不出溜的甄玉良终于硬气了一回,半天没有说话。

一周后,甄玉良带着甄珍来跟我告别,甄珍不错眼珠地盯着我看。我笑着问她:"你干啥这样看我?"

甄珍说:"答应我一定要抓住那伙罪犯,抓住他们,我才敢回雪城来看你。"

"我答应你,你也要答应我,要好好学习。我会经常给你打电话,检查你的作业。"

我拿出来一个崭新的笔记本递给甄珍,说:"没啥东西送给你做纪念,这个笔记本送给你。"

甄珍接过笔记本,抱在怀里,冲着我深深地鞠了一躬。

甄珍一家搬到了鹤溪,甄珍进入高中继续读书。洪霞和甄玉良各自择业上班,甄珍一直跟我保持着联系。她从不问破案的事,我也一句不提。案子虽然再次搁浅,我心里的那根弦一直紧绷着,随时准备一跃而起。

心理医生的话很管用,搬回老家以后,新生活、新环境、新面孔让甄珍的病情有了很大的好转。她不再做噩梦，失眠的情况越来越少。甄玉良有了新工作，洪霞开了一家便民店，卖蔬菜、水果、矿泉水，兼早上卖早点。洪霞做的鸡蛋灌饼口碑极好，门前买早点的人需要排队。两口子轮流负责接送甄珍上下学，没有一句怨言。

学校里没有人知道甄珍的身上曾经发生过什么事情，她被老师安排在教室的最后一排。班主任是个男老师，风趣幽默，知道如何调动学生们的积极性。他在课堂上拿着四个作业本，一排一本，让大家往后传着看。

老师说："高中生了，字还丑得没脸见人。中国的方块字是最有美感的字体，看看被你们写成了什么样子？有的像蜘蛛爬，有的像驴打滚，一扑棱一片。"

学生们哈哈笑。

老师接着说："这四个同学的字写得横平竖直，值得你们学习。尤其是新转来的甄珍同学，整篇作业没有一个字拉拉胯，你们都好好看看。一样的四十五分钟一堂课，一样的写作业，人家是怎么做到形式和内容结合得如此完美？"

甄珍兴奋得小脸透出了红晕。她在一天一天地起着变化，甚至要求父母不要接送她上下学了。甄玉良夫妇表面上答应了，暗地里目光一刻不敢从女儿的身上离开。

为破1103大案和滦城绑架案，我记了整整两大本笔记，心里颓丧到家的时候，我就翻日记本看。

程果面带嘲笑地问："情书写满两本了？"

我叹了口气说："从2002年碧水家园碎尸案开始，到2004年滦城绑架案，我把想到的、总结过的，成功的、失败的，都记在这两个本子里了。"

"有用吗？"

"没啥用。"

"谁说没有？将来退休了，闲居在家留着当写作的素材。"

"我的文笔你还不知道？"

"知道，知道，情书写得都像判决书。"

案子搁下了，心悬得难受，我弄了一把大剪子，打算把这两本日记毁了。剪碎了十几页纸，又后悔不已，往一起粘。程果嘲笑我幼稚，我无言反驳，整天眉头紧锁。程果发现，我眉心的川字纹打不开了。她知道，我在为案子的事耗心血。

于是一句多余的都不问，这是我们夫妻之间多年的默契。

周末，程果和儿子拉着我去滑雪。我没心思，娘俩硬拖着我去了。心思不在滑雪场，儿子几下就超过了我。他不停地滑到我身边，然后无情地超我。我知道我再不留神，会在儿子面前尊严扫地。我深吸一口气，调整好心态，上下身协调到位，两手撑杆跃下雪坡，用最快的速度把儿子远远地甩在了后面。

白天超负荷的运动量，也没能让我顺利入睡，睡在我身边的程果，发出轻微的鼻息声。我一点困意都没有，鹰隼一样盯着屋顶上的几块污渍。污渍突然变幻成邓立钢的脸，我一骨碌坐起来，睁大眼睛仔细看，污渍还是污渍。我躺不住了，穿衣服出门跑步。

深更半夜的雪城，睡不着觉的不止我一个人。江边有跑步的，有打拳的。一个五十多岁的老爷们儿，手里拿着一个网球拍，网球用长绳拴在球拍上。他用球拍把网球狠狠地打出去，然后又用那根长绳把打出去的球拽回来。如此孤独的网球打法，让我觉得没那么孤独了。

雪城的天亮得早，早市的早点摊开张了，筋骨活动松了，我饶有兴致地逛着早市。卖蔬菜水果的，卖海鲜蛋禽的，卖鞋袜帽子的，百货杂物应有尽有。

我买了第一锅炸出来的油条，买了豆浆和包子。回到家，老婆儿子还都没起床，我进厨房开始张罗早饭。煮了皮蛋瘦肉粥，用黄油煎面包片，煎香肠，煎鸡蛋，给儿子做了一个三明治。

在饭桌上，我问彭程："三明治好吃吗?"

儿子说："下次里面再放点培根。"

小子把下次都约上了。

程果吃油条喝豆浆，问我："又是三点醒的?"

我点点头。

程果说："凌晨一点到三点，是丑时，肝经当值。中医说，总在这个时候醒，是肝火太旺导致的，肝气不舒畅需要调理。"

"声明在先，我不吃药啊。"

"你想干啥?"程果问。

我说:"我想把房间重新粉刷一遍。"

程果愣愣地看着我,不相信自己的耳朵:"我没听错吧?"

我说:"没有听错。"

程果说:"房子是咱们结婚的时候,买的二手房。买的时候,说要重新装修一下。你明日复明日地陷在案子中,一直没倒出来时间。我已经没这个心劲了,你怎么突然心血来潮了?"

我目光坚定地看着她问:"让不让我干吧?"

程果立刻放下筷子,举双手赞成:"既然太阳意外地从西边爬出来了,那就让它好好照耀一下这个家吧。"

她二话没说,当天就收拾收拾,带着儿子住到公婆家里去了。

我上街买了刷墙用的涂料和工具,两手叉腰,四处打量,算计着从哪儿开始下手。最终我兑了乳胶漆,登着梯子从房顶开始刷起。晚上,躺在床上,我盯着刷了一半的屋顶发呆。白天没刷到的那块污渍,突然变幻成邓立钢的脸。我转过身去,邓立钢的脸出现在对面的墙上。

一张面孔叠化成四张,四个罪犯在墙上追着我的视线跑。我脖子上的动脉在深夜里狂跳,跳出战鼓一样的声响。他们面带嘲笑的脸激怒了我,我跳下床,抢起来大锤,追着那四张脸一阵乱砸。出了一身的透汗后,脑袋清醒下来。看着被砸了几个大洞的墙,我知道麻烦大了。于是打电话叫来杨博,要他帮我拯救残局。刑警大队的弟兄们聚集在我家，他们一只手拿着油条，一只手端着豆浆杯，围着满地的碎砖，吵成了一锅粥。

葛守佳问："你家房子谁设计的？这也太不合理了。"

我说："九〇年盖的房子，笨点儿是有道理的。"

杨博建议："我看，干脆把砸过的墙拆了，把房间不合理的结构全部重新调整一遍。"

"这得多少钱？我没钱！"我喊了起来。

"没钱，过命的交情有吧？"杨博问我。

我说："有也不能用。"

林晖挠挠脑袋说："我叔自己开着砖厂，我用出厂价弄点来不是啥大事。"

顾京说："彭队带着咱们在外面跑，没少搭自己家里的钱。哥们弟搭一把手，花最少的钱，办最牢靠的事。"

几天后，程果带儿子回来，检查我的劳动成果。开门进屋，眼前的情景叫她大吃一惊。房间里的格局，全部改变了。阳台和客厅之间的墙被打通了。客厅显得宽敞明亮，走廊过道被拆除，面积用来扩充了卫生间。

程果大吃一惊，问："这得花多少钱啊？"

"刑警队的那帮哥们找亲戚朋友帮忙干的，没花多少钱。"我故意说得轻描淡写。

彭程跑进自己的房间去巡视，上面睡人，下面是书桌的上下铺，让他心花怒放。

程果一把搂住我的脖子，兴奋得满脸通红。

"我们终于住上新房了。你真的是为我才做的吗？"她在我耳边轻声问。

我的脖子被她勒得很紧，憋得几乎喘不上气来。

我从牙缝里挤出来一句话："不是，是邓立钢那个混蛋逼着我干的。"

程果掐着我胳膊上的一丝肉，咬着牙问："你说句好听的能死吗？"

15

我跟自己较劲的时候，邓立钢一伙在西北的绥录市扎了下来。正如我所料，那里治安情况较差，人员居住很杂，为了不引人注意，四个人分三处居住。邓立钢和宋红玉住在一起，吉大顺和石毕各自租了房子。

吉大顺的房子在巷子的深处，巷子口有一家杂货店。老板娘肖丽英，是一个三十岁有几分姿色的女人。吉大顺经常来这里买东西，一来二去两人混熟了。肖丽英的丈夫吴建栋，跟她一起来城里打拼。一双儿女留在了偏远的山里，由爷爷奶奶照看。吴建栋话少，木头木脑的。用肖丽英的话说，三棒子打不出一个响屁来。给他当老婆，日子过得憋闷。吉大顺不一样，买五袋方便面，能逗得肖丽英笑半个小时。他若是有些日子没来，肖丽英会觉得心里缺了一大块。

吉大顺相貌下乘，泡女人却是高手，三勾两挂就把肖丽英勾搭上了手。肖丽英没见过啥世面，吉大顺让她床上地下，全方位体验到了做女人的快乐。窝窝囊囊的吴建栋咽不下这口窝囊气，跟肖丽英吵了一架。肖丽英给了他两个选择：一是离婚；二是回老家种地照顾儿女，不要再出来了。那男人沉默半晌，咬牙选择了后者。

　　吉大顺没有身份证，又不回原籍补办，曾经引起过肖丽英的怀疑，以为他是小偷小摸，犯了事不敢回家。她绝对没想到，这男人身上背着的竟然是命案。吉大顺拿着吴建栋的身份证，出去办了几回事，竟然没被认出来。肖丽英为了能跟他长久在一起，带吉大顺回山沟里的老家。那地方穷得鸟不拉屎，户籍管理松懈得很。肖丽英花了点钱，就用吴建栋的名字和身份证号，给吉大顺套头做了身份证。于是，肖丽英和吉大顺两个人在绥录市明铺暗盖地过起了小日子。

　　邓立钢看中了肖丽英蹚出来的这条路，给她钱和各种好处，让她挖门盗洞找关系，解决这一伙逃犯的身份问题。这个忙，肖丽英还真就帮成了。她用邓立钢给的钱，打通了乡里的关系，帮助这伙罪犯先是在她户籍所在省最偏远的山里落下了户。邓立钢根据在绥录市买房可以落户口的政策，让这伙人在当地购置了商品房，再把户口迁到绥录市定居经商。几经腾挪，身份被彻底漂白，四个罪犯摇身一变，成了绥录市的合法公民。

　　经人介绍，石毕认识了开茶叶店的冯双环。冯双环比石毕大四岁，人高马大，相貌平平。石毕和冯双环见面，一点浪漫色彩都没有。

冯双环问："离婚了？"

石毕点点头。

"没孩子？"

石毕摇摇头："没有。"

"我丈夫死了三年了，儿子今年七岁。"

"嗯，我知道。"

"不嫌弃？"

"不嫌弃。"

"那你就搬过来住吧。"

"好。"

石毕干活勤快，话很少，每天接送冯双环的儿子上学，像亲生父亲一样尽责。隔壁饺子馆的胖嫂好奇心重，哪儿都有她一嘴。她盯着领着孩子走远了的石毕，问冯双环："姓孙？"

"嗯。"

"叫啥？"

"孙学全。"

"看上去不是个粗人。"

"心细着呢。"

"他是哪儿的人？"

"不是咱们西部区人。"

"都说抬头老婆低头汉，你看他走路低着头，这种男人不好捉摸。"

"看见我家老爷们帅，吃醋了？"

"呸！"胖嫂就地吐了一口唾沫。冯双环挽起她的胖胳膊说："跟你说实话，我真没想到他能喜欢我，他的条件配我富富有余。你说他看上我啥了？"

"说的是呢，他为啥能看上你啊？"

"我也纳闷呢，要论胖，他应该看上你才对呀！"

胖嫂过来拧她的嘴，俩人嘻嘻哈哈笑成一团。

"哎，你给我掏个底，你喜欢他啥？"胖嫂问。

冯双环说："长得好，脾气好，说话声音也好听。"

胖嫂一脸坏笑，附在她耳边小声说着什么。

冯双环回手给了她一巴掌："我就知道，你就没安好下水。"

胖嫂嘿嘿笑："扯证吗？"

冯双环一副当家做主的模样，嘴一撇说："这才哪儿到哪儿？等日子过稳当了再说。"

邓立钢开的永顺台球馆在一座二层小楼上，地下室是永顺推拿按摩房，楼上楼下都是邓立钢的产业。来这里打台球的多为年轻人，有一半人是跟着邓立钢混的小弟兄。宋红玉没事过来，坐在收银台里收收钱，她跟邓立钢过着同居的日子。宋红玉不是居家过日子的材料，这种今天看到明天、波澜不惊的日子，让她无比焦躁。邓立钢也腻歪了跟一个女人柴米油盐、日复一日地扯淡。两人一言不合，就大打出手。邓立钢下手狠，宋红玉也不是软柿子，总是找碴戳邓立钢的软肋。邓立钢问她到底想干什么。

宋红玉说:"这种寡淡日子,活着跟死了一样!我是过得够够的了,我要回老家去!"

"身份漂白了,房子买了,户口也迁进城了,能做的我都做了,你还想咋的?"

"不能坐飞机,不让住旅店,不能给家里任何人打电话,我就算被判了刑,好歹还有个亲属接见的日子吧?"

邓立钢被"判刑"两个字捅了肺管子,抬腿踹了宋红玉一脚,瞪起了一双牛眼骂道:"你的嘴是垃圾箱吗,啥都敢往里面装?"

宋红玉拎起凳子朝邓立钢砸过去,两人拳打脚踢,战争很快升了级,双方都恨不能置对方于死地。娇小的宋红玉终究不是邓立钢的对手,他一把拎起她后脖领子准备狠狠地摔,不料宋红玉嗷的一声狼嚎般地哭了。这女人性子硬得像铸铁,邓立钢就没见她这样哭过。他手一松,宋红玉空口袋一样软软地瘫在地上。

"王八蛋,你他妈的让我怀孕了!"宋红玉流着眼泪,呻吟一样地骂道。

邓立钢心头一颤,一种从来没有过的感觉涌上心头。他一屁股坐在地上,眼睛盯在宋红玉的脸上。

"真的?"

宋红玉哭着说:"五个月了,弄不下去了。"

"弄啥弄,既然奔咱们来了,那就生下来。"

宋红玉以为自己听岔了,瞪着眼睛看着邓立钢。

邓立钢的声音柔得自己听着都浑身发麻："咱俩啥都经历过了，养个孩子有啥难的？明天就去办结婚手续，把孩子名正言顺地生下来。"

宋红玉往前蹭了两下，跟他肩并肩靠在一起，邓立钢伸出一只胳膊搂住她。宋红玉立刻伸开双臂，死死地跟他抱在了一起……

身份漂白后，邓立钢吃了一颗定心丸；儿子的降生，让他又吃了一颗定心丸。邓立钢决定再吃一颗定心丸，他要潜回雪城，把母亲和弟弟接过来，免去后顾之忧。邓立钢安排宋红玉跟孩子乘飞机回雪城，他选乘火车回去。如果宋红玉过安检的时候被扣押，他会及时逃脱。最终宋红玉安全登机，安全着陆，邓立钢知道身份的漂白彻底成功了。

这一次回雪城，邓立钢顺利地接走了母亲和弟弟。张凤慈和邓立群的户籍，先是被落到了S省偏远的山区，然后迁出来落户在绥录市。宋红玉的父亲和弟弟，也用同样的手段在绥录落了户。第三颗定心丸吃下肚。邓立钢认为在绥录的日子，会安安稳稳地过下去了。

邓立钢的母亲和他刚出狱的弟弟，突然在雪城消失了，跟他们同时消失的还有桦原市宋红玉的父亲和弟弟。这件事，狠狠地给了我迎头一棒。我带人搜查了他们的家，一点有价值的信息都没有，这种情况在以往案件中是很少见的。

恼怒过后，我很快冷静下来，任何事物都有正反两方面。邓立钢和宋红玉携带全家出逃，那么他们的目标就会被放大，给侦查带来的机会也就成倍增加了。就算用脚指头想，都可以肯定。这伙人一定是去了治安情况较差的地方，他们身上有钱，隐名埋姓扎下来不成问题。分拨的可能性不大，就算分拨，至少也两个人在一起。

背井离乡，孤独和失落感会时常袭来。邓立钢每年春节，都把大家聚到家里吃一顿饭，刻意营造出亲情浓烈、其乐融融的气氛。其实每次聚会，石毕和吉大顺心里都非常紧张。他们知道邓立钢心狠手辣，对他都抱有戒心，怕他在酒菜里面下毒。邓立钢和宋红玉两口子吃哪个菜，他们才跟着下筷子。酒也是他们家的人先喝，他们才敢跟着喝。

16

2008年5月12日，汶川发生强烈地震，我带队进川抗震救灾，荣立了二等功；同年8月我带队负责奥运会安保工作，获得了嘉奖。

2010年，我升职，任雪城市公安局副局长。甄珍高中毕业后，考入了公安大学。毕业后，主动要求回到雪城工作。通过入职考试，顺利地进入了刑警大队。这丫头整天追在我屁股后面，师傅长师傅短地叫。既然认定我当师傅，那我必须严格要求她。

休息日的私教课程是跟踪，我头戴棒球帽，身穿牛仔服，低着头在街上走。甄珍穿帽衫，帽子拉下来遮住眉眼，不远不近地跟在我的后面。我上了公交车，她也挤了上来。我乘乱突然跳下车，她没来得及下车，公交车就开走了。三兜两转，好不容易，她在一个胡同里，重新盯住了我。我拐进一个岔道里，她又没了目标。气喘吁吁地在胡同里寻找，我一把揪住她的脖领子，把她拽到了我跟前。

我一项一项地给她打分："脸上挂相，扣掉10分；暴露身份，扣掉10分；丢掉目标，扣掉10分；被目标抓获，扣掉20分——这次考试不及格。"

我要甄珍跟刑警队的男人们一起训练体能。一分一厘不能降低。甄珍刚开始很生气，我一步都不退让，慢慢地她也适应了。我有空就去训练场，盯着她的训练。我亲自给她做示范，我一脚踢到男队员的脚脖子，顺势往上一撩，对方立刻摔倒。甄珍学以致用，第一次占了上风。

"加强控制，用力压他的头；呼吸，夹住他的胳膊，漂亮！"我在旁边指点她。甄珍骑在男队员的身上，两手交叉卡住对方脖子，男队员一翻身，把她压在下面。

"不要疲软，你要让他疲软！"我冲她喊。

甄珍翻身跃起，一个侧背把男队员摔在地上。

我拍拍甄珍的肩膀说："这个世界上，没有摆脱不了的困难，只要你竭尽全力，就能把劣势转变为优势。"

甄珍跟刑警队的男人们混熟了，大家也不拿她当女孩儿来对待。喝酒喊她一起喝，出去踢球，也喊她一起去。不上场，坐在一边当啦啦队员喊口号。甄珍的家不在雪城，逢年过节程果就让我把她叫到家里来。

我儿子彭程已经十四岁，正是对人爱搭不理的年龄。甄珍初次进家门，他躲进屋里，吃饭的时候不得已才出来。问到期中考试成绩，彭程一脸不耐烦。甄珍上学选修了一门心理学，知道他正处在挑战父母权威的阶段。她说话顺着彭程的心缝走，很快彭程就开始跟她过话了。

儿子问甄珍会不会打游戏。甄珍说，不服咱们就练一把。两人立刻离开饭桌，去打游戏。程果想制止，被我用眼神按在了原处。

甄珍三比零把我儿子干得服服帖帖的，他像只小狗一样，跟在她的屁股后面，开始叫姐。两人躲进房间里，甄珍逼他拿出来作业，用他能接受的方式，给他讲题。儿子的成绩开始上扬，每到周日，他就盼着甄珍来。我在不在家，甄珍也像回自己家一样，买菜做饭，帮程果调理彭程。

程果问甄珍："你高考成绩那么好，干啥上公安大学？学的还是刑侦，这哪儿是女孩子的工作？"

甄珍说："那件事情以后，我有了心理问题。觉得只有跟警察在一起，我才是安全的。既然这样，那就干脆当警察算了。"

2011 年，我去北京开会，顺便去医院看看在这里住院的大舅哥。大舅哥心脏出了问题，给他陪床的是我的小舅子。小舅子嘴碎，话特别密。我心里装着会议上的事，有一搭没一搭地跟他们哥俩闲聊。

我问大舅哥："好好的，怎么突然心脏就出问题了?"

大舅哥说："得这病不分年龄，前几天出院的那个，还不到四十岁呢。"

小舅子插话说："大哥提起那个人，我倒想起个事来。那人刚做了这个手术，在床上躺着。我想过去问问他，这个手术有没有什么危险。看见他床头上挂着病历卡上面写着孙什么。看看他那张脸，觉得眼熟。使劲想了半天，终于想起来了，这小子跟我中学同校不同班，因为劣迹斑斑，所以有名。我想，他不是姓邓吗? 怎么改姓孙了?"

姓邓这两个字，触动了我的敏感神经。我急忙掏出来手机，调出里面邓立钢的照片让小舅子看。

小舅子摇摇头说："不是他。那人圆脑袋细脖子，有点驼背，从背影看像个王八。"

我想了一下，从手机里调出来邓立群的照片，给小舅子看。

"没错，就是他。"小舅子指着照片，语气十分肯定。

我激动得周身发凉，脊背上的汗毛都立起来了。我找到院领导，动用公安手续，调出了医院那几日做手术人的名字，其中一个叫孙学明。经查，除了病是真的，姓名、籍贯、出生年月全是假的。

邓立群从水面一露头，我的神经触角，立刻全部张开了。回到雪城，我发挥人海战术，对邓立钢的社会关系，一次又一次地进行了精心梳理。

从邓家的一位远亲那里获悉，邓立钢的弟弟邓立群，两年前曾一人返回雪城治病。他无意中发现，邓立群病历卡上的名字叫"孙学明"。

我在雪城医院，果然查到了叫孙学明的病人。挂号单上，登记的地址是假的，根本无处寻找这个人。我从邓立钢的关系网里，捞出来他的表哥黄老琪。

黄老琪是张凤慈的亲外甥，五十四岁。早年间，混迹黑社会。他触犯法律坐过监狱，因为好赌，妻离子散。现在房无一间，地无一垄，开着一个小麻将馆混日子。他居无定所，三天两头换地方，手机也老是换号。三传两转，黄老琪知道我在找他，立刻主动给我打了电话："二哥，听说你到处找我，啥事啊？"

"想跟你喝点酒，去胡同新开那家饺子馆吧，咱俩好好聊聊。"

我先一步到那里，要了俩凉菜，一斤饺子，两瓶啤酒。黄老琪随后也到了。几年没见，黄老琪老得有点不像样了。皮肤松弛，头发花白，手里还挂着一根拐杖。

"你的腿怎么了？"

"年轻的时候打架伤过，老了找上来了，股骨头坏死。"

"可以置换，钛钢的材料，很结实。"

"查了价钱，三万多块，我这条命也不值这个价。"

我看了黄老琪一眼，拿起酒瓶给他倒酒。他举起酒杯跟我碰了一下，一口干了。我又给他满上。

黄老琪伸手抹掉嘴边上的酒，叹了口气："唉，有钱的时候，身上的零件整整齐齐的；没钱了，身上的零件一个接一个地掉链子。"

"你那麻将馆挣钱吗？"

"屁崩的两个钱，也就顾得上这张嘴。二哥，你这么辛苦地找我，是想帮衬一下我吗？"

我笑了："你这个岁数，管我叫哥不合适。"

"新桥区的人，老的少的都管你叫二哥，我这叫跟风。"

"他们是跟着我弟弟叫的。"

黄老琪摇头说："二哥不是随便叫的，没有点儿道行，肩膀头上，扛不起来这两个字。'二哥'是仁义的代名词。"

"黄老琪，你一把岁数，咋还离了？我听说，你老伴年轻的时候，也是新桥的一朵鲜花呢。"

黄老琪用鼻子哼了一声："她要是鲜花，牛都不拉屎了。女人都是势利眼，你有钱，她哄着你，晕着你；你摔断了腿，她立刻照着屁股，狠狠踹你一脚。"

黄老琪一杯一杯地喝酒，看得出来，他有日子没钱沾酒了。酒精上了头，黄老琪胆子大了起来。他把脸凑到我跟前，压低声音说："男人啊，牛×不牛×看前科。我年轻的时候，有用不完的蛮力，是我们那一片出了名的大黄牲口。手里不光有双管猎枪，连手雷都有。我说绑谁，那就绑谁。现在没权了也没钱了，法制社会确实约束人啊。我年轻的时候，那也是前呼后拥的，家里天天大鱼大肉不落桌地吃，现在混得连个家都没有了。"

"你还想吃啥？"

"来盘香肠，再切盘酱牛肉。"

我给黄老琪点了，又跟服务员要了一小碗冰块。黄老琪喝酒，我嚼冰块。

黄老琪喝到位了，问："你到底找我啥事？你问吧，知道的我都说。"

"你还有什么没跟我说的？"

黄老琪急了："彭局，你能不能好好唠嗑？我都跟你说过了，我要是还有知道的，肯定愿意让你拿去立功。"

"我找你，你能随叫随到，积极配合，外地警方找你，你能积极配合吗？"我笑着问他。

黄老琪脸一绷说："那我不能勒他。"

"当初邓立钢伤了人，是你给他办的假身份证，用李建峰的名和身份证号，邓立钢去照的相。临了，你还亲自把身份证给他送到天津。"

"这个我已经交代过了，班房也坐过了，刑也服了。你咋还旧事重提呢？"

"邓立钢跟石毕他们几个人，在外省连续作案，杀了不少人。用的不再是李建峰的身份证。"

"不用问，肯定又套头了。"

"你表弟邓立群，因为抢劫被判了七年，放出来没多久，就全家搬走了。这事你知道不?"

"我姨他们啥时候搬走的，我确实不知道。"

"那你知道什么?"

"我知道的还不如你多呢。"

我把脸绷了起来:"邓立群回雪城来看病，你知道不知道?"

黄老琪一怔。

"到底知道不知道?"

"我知道的时候，他已经走了。"

我看着他不说话，看得黄老琪浑身不自在。

"黄老琪，你给我演戏是不是?"

黄老琪夹起一块酱牛肉塞进嘴里，有滋有味地嚼着。牛肉下肚，他放下筷子说:"二哥，你要真想问出来这档子事，你得配合我，咱俩演一出。"

17

我采纳了黄老琪的主意，在麻将馆当着众人的面，把他拘了。家属要求探望，黄老琪动手给自己化了装，用油彩在脸上涂了一层青紫色，还让我把他铐在铁椅子上。亲属看到黄老琪这副模样，吓得变颜变色。

我绷着脸说:"黄老琪涉嫌包庇邓立钢，知情不举，一会儿就带去看守所，能不能出来，还两说呢。"

找了个碴儿，我假装出去接电话。黄老琪跟他家的亲戚们使反间计，他垂头丧气地说："放屁拉抽屉，谁也别遮脸了，你们有啥就说吧，别硬挺着了。看看我这个熊样子，立钢他们在外面吃香的、喝辣的。咱们在这替他们遭罪，太不值当的。"

邓家亲属心生忌惮，再次被问询，开始有啥说啥了。

我问邓立钢的表姐："你姑姑张凤慈有工作单位，她走了，谁给领的工资？"

表姐承认，张凤慈的工资是她月月给领的。

"为什么给她领工资？"

"他家欠我的钱。"

"欠什么钱，欠了多少？"

表姐吭吭哧哧地说不出来。

"知情不举，也是犯罪。"

表姐耷拉下来脑袋，好一会儿才抬起来头说："邓立群做心脏手术，欠了我三万多。"

"我给你算算账。从你领工资按手戳那天，一直到现在，邓立群欠你三万，你领走了四万。凭啥领这么多？现在警方找不着他们，既然你领了这份工资，那你就是怀疑的重点。"我表情严肃地说。

表姐吓白了一张脸，说："当时邓立群在北京住院没有钱，我给他送去三万块钱。我领他妈劳保开支的钱，是堵我的窟窿。"

"北京哪家医院?"

"安贞医院。"

"邓立群用什么名字住的院?"

表姐想不起来了,站在一边的表姐夫说:"孙学明。"接着他又冒出来一句话,叫我吃了一惊。他说:"邓立钢很生气,差点一脚把他弟弟从病床上踹到地下去。"

表姐瞪了丈夫一眼,怪他多事。

我问:"你和邓立钢见面,唠没唠嗑?"

表姐夫说:"唠了。我问他,这么多年离家,你在哪儿住呢?邓立钢说,你们到家的时候,我也到家了。"

表姐说:"邓立群有个媳妇,在他入狱的那一年,跟他离婚了。她跟我说,几年前邓立钢和宋红玉回来了,住在鸿宾楼里。邓立钢那次回来后,把他妈和邓立群接走了。"

我立刻派人去查那个宾馆,宾馆早已倒闭关门了,房子还在那里,可原始登记材料已经无处可查。

黄老琪被放出来,家里的亲戚骂他说:"你把邓立群住院的事透露给了警方,最少挣了二十万。"黄老琪说:"我要有二十万,能过成这个尿样子?别看老子瘸了一条腿,谁想冲着我的脸吐唾沫,老子照样一刀豁了他!"

知道他不是一盏省油的灯,邓家的亲属没人敢再招惹他。

掌握了这个信息,我连夜给刑警大队开会,仔细地分析案情。

我说："邓立群改了姓，肯定是把身份漂白了。拖家带口，这么大一个群体走了，不可能隐藏在一线二线的大城市，因为目标太大了。他们在三线四线的城市里，生活下去没问题。在南方的可能性很小，居住环境、饮食习惯，包括语言交流都会有困难。"

我拿着圆规，以北京为中心，画了一个黄河以北的半径。

"这里是适合他们生存的地区，这个半径就是黑吉辽，包括内蒙古还有河北等省市的一二线城市。"

雪城公安局，一场大规模的网络搜索开始了。刑警们埋头上公安网，查人头像。先从"孙"姓开始模糊查询，后面带上"明"字，然后是"孙学"，后面是百分比。从他出生年份半径里面的人开始细查，年龄往上放宽五年，往下放宽五年。工作了大半个月，没有结果。我又开始失眠了，睡不着觉，把他们的照片打印出来，坐在灯下看。脑袋里突然灵光一闪，立刻跳下床，重新上网。我把查询年龄，往下又挪了两年。查到倒数第二页，第一个人竟然就是孙学明！这是整个案件的转折点。

凌晨四点钟，我跟雪城公安局指挥中心要来省公安厅值班台长电话。只有通过他，跟N省公安厅值班台长联系，授权给雪城公安局密码，我们才能查N省整个户籍的详细资料。

授权事宜办妥，凌晨四点，我们进入到N省的户籍信息，查到孙学明的出生户籍地是S省。令人振奋的是，跟他在一个户口上母亲名字竟然一字未改，还叫张凤慈。石毕改名叫孙学全，出生地也是S省，再往下翻，看到了同是S省出生地的孙学飞，他就是邓立钢。孙学飞的妻子叫范莹，出生户籍H省希乡，此人就是宋红玉。他们几个人全部在一个户籍上，出生年月日以及籍贯全部改过了，身高胖瘦也全都改了。如果不是把他们吃透了，光看他们的表格，很可能会忽略过去。看照片没错，确实是当年漏网的那几个罪犯。落户的时候，他们做了精心策划。几个人从S省迁到N省绥录市，孙学飞的妻子范莹，从H省希乡迁来，几个人全部漂白了身份。

抓住战机，我带领七个人的小分队，立即动身。小分队六男一女，知道要去抓邓立钢一伙罪犯，甄珍强烈要求参加这次行动。考虑到宋红玉是女犯，需要女警一路羁押。我满足了她的愿望。

赶到绥录市后，通过上级领导，我们直接找到管理国家安全的安全局。安全局有一个叫乔志的技侦人员，是甄珍公安大学的同学。我们的车一开进安全局的院子，他立刻跑出来陆续跟我们握手，看到甄珍从车上跳下来，他发自内心地高兴。

安全局局长是个五十岁的男人，毛发浓重，腮帮子上的胡楂刮得泛青。他说："公安部有规定，外地警方来抓人，应当由当地公安局配合。说说吧，你们为什么不找公安局，反倒要找我们安全局配合？"

我说："这个案子案情重大，我们初来乍到，绥录的情况掌控不了。罪犯在这里盘踞的时间很长，我怕本地警力的社会关系复杂，一旦有个跑风漏气的，出了差错，将追悔莫及。你们墙上挂着的'对党绝对忠诚'的这个条幅，让我吃了一颗定心丸。我相信你们！"

局长点点头："明白了，你放心，我们安全局的纪律是铁打的。我把乔志派给你们使用，有什么要求，尽管跟他说。"

这次抓捕任务，邓立钢是重中之重。智者千虑，必有一失，邓立钢绝顶聪明吧？谁能想到，他也有马失前蹄的时候。早年间他登记摩托车的电话号码，尾数是三个8。以为这个号码早就被他废了，没抱太大的希望。没想到半个月前这个号码有了动静。邓立钢竟然鬼使神差地使用了这个号码。我让乔志拿着这个电话号码，上了监听台子。

在监听台上，我发现四个罪犯竟然都活得好好的，这真有点出乎我的意料。就凭邓立钢那股凶残劲儿，我以为有的人可能已经被他灭口了。

我监听到，邓立钢在电话里说："《新闻联播》报道说从2012年1月1日开始，中国公民申请领取、换领、补领居民身份证将增加指纹信息。"

邓立钢叮嘱同伙，一定要保存好身份证，丢了也不要去补办。他这番话再一次证明，这伙人不但有罪，而且罪孽深重。逃跑之前，他们还是三十来岁的小伙子，十个年头过去了，现在都是四十冒头的人了。留在档案里的身份证上的黑白照片，跟本人现在肯定有了很大的差别。

我激动得脑袋冒汗，一碗冰下肚，嘴冻木了，血压回到正常值。我把工作中每一个细小的环节，都做得扎实牢靠。化装侦查、手机定位、语音监听全都用上了；从精确锁定，到最终确认。台球馆和足疗馆是孙家这个户口本上所有人员活动的核心地带，我一点一点把他们的关系网扩大。这一伙人的行动路线，逐渐清晰起来。

18

甄珍的监视目标是化名为"范莹"的宋红玉。二十二岁的甄珍完全不是七年前那副羸弱的模样，她身材高挑，长期的体能训练，让她腿脚利落，身体的弹性极好。就算宋红玉跟她走个对头碰，也未见得能认出来。

绥录的冷跟雪城不一样。雪城的冬天，寒冷湿润；绥录的冬天，风呼啸着打在脸上，如同小刀割肉。

街道两边的树木光秃秃的，看不见一点儿绿。甄珍头戴毛线帽，身穿运动服，化装成晨练的跑步者，她围着邓立钢居住的高档小区一圈一圈地慢跑着。她不时地从遛狗的、买菜的、上学的人身边跑过去。嘴里一圈一圈地数着，数到第十五圈的时候，宋红玉出来了，她的手里牵着一个三四岁的孩子。

尽管有着充分的思想准备，甄珍的心还是咯噔了一下。脚脖子有点儿发软，她跟跄了两步才站稳了。

宋红玉长发盘在头顶上，身穿白色羽绒服，紧身裤，鹿皮靴，脖子上围着一条鲜红的羊绒围巾。她保养得很好，身材和相貌，看上去变化不大。

宋红玉手里领着一个活泼可爱的小男孩，孩子仰着小脸看着妈妈，嘴里不停地问这问那。宋红玉嘴角挂着笑容，耐心地回答着。甄珍被绑架的日子里，从来没见过宋红玉的脸上有过这样的笑容。甄珍想不通，这样的恶魔怎么会有人类的感情，并且因为这份感情组成了家庭？她更想不通的是，宋红玉这个残忍的女人，怎么有资格做母亲？

宋红玉把儿子送到托儿所后，打了一辆车去了另一个小区。甄珍坐在乔志开的车里，不远不近地跟着她。宋红玉进了一栋楼里，甄珍跟了进去，她看到电梯在五楼停住就不再动了。甄珍跑楼梯上了五楼，一梯两户目标容易盯。她躲在安全通道处，观察着那两扇门的动静。两个小时以后，宋红玉出来了，送她出来的是一个白净面皮的瘦削男人。经确定，他不是犯罪团伙里的人，宋红玉在跟他偷情。跟宋红玉保持情人关系的，不止他一个人。

我化装成提笼子架鸟的退休老干部，在台球馆周围溜达。杨博手里揉着两颗核桃溜达过来，我俩老邻居一样站在树下说话。

杨博说："他不经常回家，常常住在这里，晚上一两点睡觉，第二天中午十二点左右起来。饭也经常在外面吃。"

我看了一下表，正好中午十二点，估计他已经醒了。几分钟后，邓立钢穿戴整齐从台球馆里面出来。一个叫二彪的小兄弟把车停在他面前，邓立钢上车离开。我们的车也远远地尾随着他去了。

邓立钢的车停在美食一条街的停车场里。他们走着进了饭店，一件啤酒、一桌子菜摆上来。邓立钢、二彪和几个混混围桌而坐。我带领林晖、杨博也走进饭馆，找了一张挨着他们的桌子坐下。我们吃得简单，每人要了一盘过油肉炒面，一瓶啤酒。我一眼瞥见，邓立钢放在椅子上的挎包，拉锁没有全部拉上，露出来躺在里面的匕首和砍刀。

二彪问："大哥，要不要喝点白的？"

邓立钢挥手表示不要，问："这两天我跑外面的事，没盯着店里面，有什么麻烦没有？"

身边的一个混混说："大哥，西街那个叫'大头'的小子，最近老到台球馆里捣乱，还厚着脸皮跟我们要钱花。"

"告诉他，再嘚瑟，我把他眼珠子用勺子挖出来，扔在地上当泡踩。"说完邓立钢夹了一块排骨放进嘴里，连脆骨一起嘎嘣嘎嘣地嚼着，"不信邪，就让他们来，在我的眼里，打人不尿血，就不叫打人。打起来我必须赢，这才是打架的结局。"

邓立钢的话叫我心中一凛，十年过去了，这个混蛋身上的杀气一点儿都没减。

一个小弟兄进来，附在邓立钢的耳边说了句话。

邓立钢声色未动，饭没吃几口，就先离席了。我们的车远远跟着他，看见他进小区，回了自己家。

邓立钢进门把钥匙扔在门口的鞋柜上，看见了宋红玉脱下来的鞋，知道她在家。宋红玉坐在沙发上，嗑着瓜子看电视。听见邓立钢进门的动静，头都没回一下。邓立钢问："儿子送托儿所了？"

宋红玉"嗯"了一声，眼睛没离开电视。

邓立钢看了一眼电视，里面正在上演一部哭得唧唧歪歪的言情片。

邓立钢在宋红玉对面的沙发上坐下说："小日子过得很浪啊。"他的话语中，满是揶揄。

宋红玉看了他一眼说："有啥可羡慕的？这是你的家，你要是想过，那还不是分分钟的事？"

邓立钢眼睛盯着宋红玉，努力把心里的火压下去。宋红玉嗑开了一个瓜子，问："你盯着我干啥？我脸上又没有蜜。"说这话的时候，她眼皮都没抬一下。

"我看你越来越不像话了。"

"在你心里，咋样才像话？"

"宋红玉，你一点过去的影子都没有了。"

"你见哪个女人表里如一了？"

邓立钢压低声音说："你再敢出去找那个王八蛋，我把他的脑袋揪下来。"

宋红玉扭过头看着他说："揪人家的脑袋干什么？要揪就揪我的。"

邓立钢被宋红玉的话噎得心口发紧，发狠说："别以为你是我儿子他妈，我就不敢把你咋的！"

"你能把我咋的？"

"你他妈的还别逼我！"邓立钢的话是从牙缝里挤出来的。

宋红玉语气很平静："人最怕的不就是一个死吗？我早就把死这个字嚼碎咽了。"

邓立钢给自己倒了一杯茶，他看见自己的手有点抖。

"你不怕我动家法？"

"动家（加）法？你咋不动乘法呢？"宋红玉嘴角挂着不屑的笑。

邓立钢喝了一口茶，走到宋红玉跟前看着她，眼神中的感情很是复杂。他伸出来一只手，冲她招了招，宋红玉以为他像过去一样，用拥抱化解矛盾，站起身走了过去。没想到邓立钢抡圆了胳膊，给了她一个大耳光。

宋红玉疯了一样，砸了家里能砸的东西，摔门走了。

邓立钢立刻清醒了，觉得情况不妙，他一直追到老丈人家。老宋头身在异乡，没有亲戚，没有朋友，脾气越来越古怪暴躁，三番五次吵闹着要回桦原老家去，惊动了左邻右舍和小区保安，前来围观劝解。

看见邓立钢找上门来，老宋头张嘴就骂："你糟蹋了我的元旦，又毁了我的春节，干脆清明节那天，带烧纸过来，把我连房子一起点着得了。"

老宋头骂邓立钢毁了自己的生活，一句比一句骂得狠，邓立钢虽邪性，但是尊重长辈。老宋头是自己的老丈杆子，不能打也不能骂。见他越骂越离谱，越骂声音越大，邓立钢最终还是急了，问老宋头："儿子找妈，我叫她回家，哪儿错了？"

老宋头唾沫横飞："不是你扣着我闺女不让走，我能在这连个熟脸都没有的地方，一囚就是几年吗？"

"我四处奔波卖命挣钱，养着你们宋家的人，没有功劳还有苦劳吧？"

"别人的屋檐再大，都不如自己有一把伞。不劳你辛苦，今天晚上我就带着闺女、儿子和外孙子回桦原去。"

"你敢走吗？"

老宋头两眼一瞪说："你看我敢不敢？！"

"还是让我走到你前面吧。"邓立钢说完一跃跳上窗台，打开窗子，扭头看着老宋头说，"你敢再提一个'走'字，我立马从这里跳下去。往后你们宋家老老小小，张着大嘴，喝西北风去吧！"

涉及生存，老宋头立刻住了口。宋红玉走上前一把将邓立钢从窗台上拉下来。邓立钢二话没说，反手拉着宋红玉回了家。

顾京和小马装作买茶，在冯双环的店里坐在茶台前，看着冯双环洗茶泡茶。冯双环给他俩介绍茶："这是金骏眉，红茶中的上品，一斤茶叶大概要用六万到八万的芽尖。"

顾京喝了一口，连连点头："好喝。"

小马跟着迎合说："香。"

"你们再尝尝这个碧螺春。"

顾京和小马一杯一杯地品着，免费的茶喝了个遍。

小马问："大姐，你们这个店还能给手机充费？"

"能啊，我们兼着这个业务。"

化名孙学全的石毕回来了，看见顾京和小马愣了一下。

冯双环问："儿子呢？"

石毕说："在外面跟一帮孩子踢球。"

眼前的石毕最少胖了三十斤，冷眼一看几乎认不出来了，他皮肤松弛，身体肥胖，一副颓废潦倒的模样。顾京仔细打量他的眉眼，确定要找的石毕就是他。石毕客气地冲顾京和小马点点头，进后屋去了。

顾京买了二两茉莉花茶，带着小马离开了。

吉大顺是四个人里混得最不好的，他天性喜新厌旧，跟肖丽英的日子很快过腻了。肖丽英说她有个亲戚在煤矿挣了钱，在老家起了一个四合院，吉大顺动了心，跟邓立钢商量。邓立钢想，煤矿离绥录一百里地好控制。他给吉大顺拿了一部分钱入股，要求每年给他收入的百分之三十；对待石毕也一样。邓立钢开台球馆和足疗馆的生意，也拿出来百分之三十跟大家合在一起分。这样算下来，邓立钢不占便宜，他要用钱拢住团伙，叫大家不能散了。

他们依照约定，没有重要的事不联系，过年的时候在一起吃一顿饭。吉大顺也有命案，只是没有邓立钢和石毕杀的人那么多。跟吉大顺合股干的梁恩觉得他脑子灵活，精明能干，交代的事情总能出色完成，很是欣赏他，让他负责采购的事情。在煤场跟吉大顺一起干活的人，觉得他自带一股子阴气，是一个狠角色，都尽量躲着他。

吉大顺的手机信号定位在距离绥录市一百公里远的煤矿，这里煤厂特别多，通过分析吉大顺周围的关系，把跟他合作的煤老板找到了。我冒充是天津电厂的，给他打电话，说要跟他订货。煤老板梁恩看见有生意谈，立刻去了约好的咖啡屋面谈。

我先一步到了咖啡屋，见到煤老板梁恩，主动跟他打了招呼。开门见山掏出警官证给他看。梁恩一头雾水，我拿出来吉大顺的照片给他看。

"认识这个人吧？"

"认识，他叫吴建业，是我的合伙人。"

"他是我们追了十年的在逃犯。"

梁恩惊得半张着嘴，额头上冒出了汗珠，说："我不知道，真的不知道啊。"

"原先不知道没关系，现在告诉你了。如果你不配合我们的工作，替他打掩护，那你就构成了包庇罪，我们会依法处理的。"

"我愿意跟公安配合，但是你得答应我一个条件。"

"你说。"

"吴建业这个人被酒色掏空了身子，加上常年在阴暗潮湿的井下工作，落下了病，确诊是癌症。得了这个病以后，他的性格格外暴躁，矿上的人能躲都尽量躲着他。我领你们的人进矿没问题，但是绝对不能露面，我怕他拉我做垫背的报复我。"

"你放心，我们一定保证你的安全。"

我们小分队在绥录市蹲了九天，四个犯罪嫌疑人全部得到最终确认，雪城派来二十个特警准备展开抓捕工作。我不敢用当地的警力，怕本地的社会关系复杂，一旦走漏风声，操作失误，那将前功尽弃。邓立钢这个人，反侦查、反追捕的能力非常强，平时刀不离手。抓他必须做充分的思想准备，不能有一点疏漏。如果他再跑了，这一辈子恐怕都找不着了。我把各种可能性都想到了，自己的生死早已置之度外。

我开始分配抓捕任务，一号人物邓立钢，由我负责。跟我一起行动的，是副大队长杨博和两个身高一米八的特警。

顾京的任务是抓捕石毕，甄珍和林威负责抓捕宋红玉。分配任务的时候，我的目光在甄珍身上停留的时间较长，甄珍明白我的担心，用不容置疑的目光回应了我。

葛守佳领命去抓一百里外的吉大顺。这是抓捕任务中的首要环节，一旦不成功，走漏了风声，四个犯罪嫌疑人会以最快的速度作鸟兽散，四滴水融入大海一般，无处打捞。

葛守佳个子不高，说话苏北口音，长相不起眼，扔进人堆里，很难往出挑。他领着四个身穿便衣的刑警，到了吉大顺所在的煤矿。找到了梁恩，梁老板和几个人正坐在到处是煤灰的办公室抽烟喝茶。

葛守佳说："老板，我们是江苏丹阳的，想进点煤。"

梁恩明白他们的来意，有些紧张地说："进煤这事，你们得找四哥。"

梁恩立刻派人，带他们去了矿井。矿井里阴暗潮湿，刚下去眼睛不适应。

葛守佳提高嗓门喊："四哥在不在?"

没有人回答。

葛守佳再喊："四哥在吗?"

煤巷深处有人问："你是谁?"

"江苏丹阳来的，想进点煤，上面说要找四哥。"

"谁告诉你们我在这儿的?"

"梁恩，梁老板。"

吉大顺从阴影里闪出来，他警惕地盯着面前的几条黑影。

"知道了，你们先上去，我一会儿就上去。"

葛守佳答应了一声说："好的，四哥，你快点，我们下午还要返回绥录乘飞机。"

说完葛守佳转身往外走，吉大顺一直盯着他们的身影消失在巷道尽头。吉大顺越老，警惕性越高，他不但要防着警察，还要防着邓立钢。来买煤的这个人苏北口音，矮小单薄，看上去没有威胁。身后的那几个人难说，他决定再拖拖看。

葛守佳并没有离开矿井，他守在坑道口，让另外的几个刑警勘察是否有别的出口，勘察结果一共有三个出口。二十分钟过去了，没见吉大顺出来。葛守佳命三个刑警各守一个出口，他进去找吉大顺。他在明处，吉大顺在暗处。

为了不引起他的怀疑，葛守佳还是边往里走边喊："四哥，你怎么还不上来呀，再晚我就把飞机误了。"

吉大顺在黑暗处盯着他不回答。

葛守佳见没有回音，索性站住脚说："四哥，我真等不了你了。要不这样，你忙你的，煤我去隔壁张老板的矿上买，一样的煤层，质量差不到哪里去。"

说完，葛守佳转身往回走，吉大顺没有拦他。隔壁矿的老板真的姓张，一直是他的竞争对手，这小子恐怕真的是来买煤的。

眼看葛守佳要走到矿井口了，吉大顺从阴影里走出来大声问："你要多少？"

葛守佳头都不回："你这个人太没有诚意了，这笔买卖我不跟你做了。"

吉大顺不远不近地跟着他又问："你到底要多少？"

葛守佳不耐烦地朝后摆摆手说："做生意也讲缘分，

四哥，咱们俩没缘分，你忙你的去吧。"

葛守佳出了矿井口，吉大顺见到手的生意被自己搞砸了，快走几步蹿出矿井口。守在矿井口的一位刑警，一个扫堂腿把吉大顺扫倒在地，随后抄起他的一条胳膊往身后拧，准备给他戴铐子。吉大顺另一只手甩过来，一把煤炭渣子打在刑警的脸上，瞬间眯了他的眼。刑警手略一松，吉大顺连滚带爬地蹿进了坑道，葛守佳朝他扑了过去。

吉大顺如同老鼠窜得飞快，葛守佳紧追不放。吉大顺闪身，躲进突出的矿壁后面。葛守佳不了解地形，飞跑着往前追；眼角处感受到一丝风刮过来，他身子往下蹲就地打了个滚，一把抄住吉大顺的脚腕子，悠起来往矿壁上狠狠一摔。吉大顺一声惨叫，手里拿着的匕首掉在地上。整个人像被甩开了骨节的蛇一样，动弹不得。葛守佳拽着吉大顺的脖领子，拎死狗一样把他拖出了矿井。

阳光下的吉大顺一脸煤黑，基本看不出原来的模样。

葛守佳问："你是叫吉大顺吧？"

吉大顺翻着白眼不回答，刑警端起一脸盆水泼在他的脸上。黑汤顺着脸颊流下来，露出来他的本来面目。

葛守佳说："行，就你了。"

葛守佳押着吉大顺往外走，吉大顺看到站在矿井旁边的梁恩，两眼刀子一样剜过去，梁恩被他的气势吓得四肢颤抖。

吉大顺恶狠狠地说："老子要不是这破身体不争气，

早他妈的把你绑了。"

吉大顺被塞进汽车里，车开出去很远。梁老板还像被定住一样，站在那里一动不敢动。

19

我跟特警们坐在车里，死盯着马路对面的台球馆和足疗馆。心里盼着葛守佳百里之外快点传来消息。邓立钢从昨天进去，就一直没有出来。他手下的人倒是挺勤快，上午九点准时开了店门。没有客人来，他们就忙着修理台球桌，换台球桌上破旧的台布，一上午忙忙碌碌的。我眼睛盯着台球馆，心里想着煤矿那里的抓捕情况。下午一点，葛守佳的电话打来了，抓住了吉大顺。我下令，立即收网。三个组一起行动。

邓立钢被噩梦惊醒了，他梦见自己孤身一人在荒地上走。地面突然变得像胶水一样黏稠绵柔，脚被地面死死地纠缠住。他拼命挣扎，越陷越深。

醒来后，莫名的焦躁袭上心头，白天左眼跳完右眼跳，晚上噩梦连篇，店里多大的事都能摆平。家里的老婆浑身是刺，扎得人手疼。唉，脓包既然拱出来了，下刀子剜是早晚的事。

二彪进来问邓立钢："今天去不去吃羊蝎子火锅？"

邓立钢说："不去，你也别出去了。这两天，总觉得哪有点不对，你留在店里帮忙照看一下。"

"哪儿不对？"二彪问。

"我要知道哪儿不对就好了。"

邓立钢用电锅给自己煮了一碗方便面。几口吃下去肚子便饱了，感觉胃里依旧空着。他趿拉着鞋，去了地下一层的足疗馆，叫手艺最好的师傅去2号房，给他做个全身按摩。

老胡如约来到2号房，邓立钢觉得心神不定，说："还是去顶头的那间房吧。"

那是一间没有窗子的库房，房间里堆着床单和毛巾以及一些杂物。

邓立钢趴在床上，享受着老胡纯熟的手法。全身的肌肉渐渐放松下来，他迷迷糊糊睡了过去。老胡关了灯蹑手蹑脚地出去了。

石毕发胖以后嗜睡，晚上十一点上床，睡到第二天中午十一点是常事。冯双环从不叫他起床，儿子已经上中学了，不用送和接。男人在床上睡着，总比在赌桌旁边坐着强。这个时间，店里没什么顾客，一会儿做熟了饭，再叫他起来吃饭也不迟。冯双环嗑着瓜子看电视，顾京进了店门，环顾四周没有看到石毕。冯双环认出来，他就是昨天那个来买茶叶的人。

冯双环满脸是笑地问："茶叶喝着咋样，不错吧？"

顾京把那包茶叶，掏出来放在桌子上，说："回去打开看了，全是梗，没几片茶叶。"

冯双环的脸立刻沉下来："买的时候，你可是瞪着两只眼睛看着的，当面锣对面鼓，一手交钱一手交货。"

"我不退，你帮我换别的茶。"

"进嘴的东西，不能换。"冯双环态度坚决。

"做买卖不能一锤子砸到底吧？"

"砸了怎么着，你还能把我的店封了？"

"你还讲不讲道理？"

"不用讲，我就是道理。"

"好男不跟女斗，把你家老爷们儿叫出来，我跟他过过话。"

"他伺候不着你，你哪儿来的，痛快回哪儿去！别在这儿跟我磨牙。"

小马进来，看了他俩一眼。冯双环觉得他是来救援的，冷着脸问："你干啥？"

小马掏出来一百块钱，放在收银台上说："充话费。"

"机器坏了，充不了。"

小马说："昨天还好好的，怎么就坏了？"

"人还有好好地出门，'嘎巴'一下就死在当街上的呢，机器怎么就不能坏？"冯双环没好气地说。

小马不高兴了："你这是什么态度？"

"我就这个态度！"

"这个态度就不行！"

"不行咋的？你还能一铁锹把我从地球上铲到月球上去？"

"我去工商局投诉你。"

"去，赶紧去！别放屁砸后脚跟，伤着自己。"

躺在后屋睡觉的石毕，被吵醒了，竖起耳朵听着。

顾京说："就凭你这个态度，茶叶必须给我退了。"

冯双环骂道："你拉出来屎还带往回坐的？擦屁股的事，回家找你妈去，别在我这里耍无赖！"

"你不给我退钱，你今天的买卖就做不成了。"

冯双环跳着脚骂道："你出门打听打听，我冯双环怕过谁？你动我店一根手指头试一试？我让你五指变成四指！"

石毕从后屋出来，看到双方剑拔弩张的架势，紧走几步拦在他们中间。他从口袋里掏出来钱，塞给顾京："和气生财，和气生财嘛！茶叶不满意是可以退换的。"

冯双环立刻急了，伸手去抢钱，石毕挡开她的手。

石毕对小马说："兄弟，你从这里出去一拐弯，那一家商店也能充电话费。"

石毕举胳膊指路的瞬间，顾京伸手抓住他的胳膊往后一掰，石毕疼得当下跪倒在地。小马立刻抄住他的另一条胳膊，往后一扭给他上了背铐，拉着他出了门。

冯双环惊呆了，愣了几秒钟，立刻冲出门。她跑进隔壁饺子馆的后厨，抄起案板上的一把菜刀就往外跑。

胖嫂吓了一跳，追到门口大声喊："干啥？你要干啥？"

冯双环扯着嗓门喊："黑社会的来绑人，我跟他们拼了！"

胖嫂怕被牵连，退回到屋里，趴着窗户往外看。她看到两个男人押着石毕往车跟前走，石毕两脚拖在地上，被拉着往前蹭。

石毕大声喊："我是守法公民，你们为啥抓我？"

冯双环挥舞着菜刀扑过来，小马一个腿绊，把她绊倒了，菜刀甩出去老远。冯双环从地上爬起来，她鼻子摔出了血，伸手抹了一把，弄得满脸是血。顾京和小马一人架着石毕的一条手臂，把他塞进车里。

汽车一溜烟开走了。冯双环疯了一样在后面追。胖嫂捡回来自家的菜刀，走回到自家门口，看着绝尘而去的汽车和追着那辆车疯跑的女人。胖嫂的丈夫在围裙上擦着手，站在胖嫂的身后。

胖嫂说："我提醒过冯双环，抬头老婆低头汉，她后老公这个人不好惹。她认为我说这话是嫉妒。看看，被我说中了吧？"

位处地下的足疗馆光线昏暗，走廊两侧一共十个包间，每个包间的门都关着。

我叫杨博用当地的手机号码拨号，我俩竖着耳朵仔细听，没有听到手机铃声。我用口型说："放在振动上了。"

杨博点头，他又拨手机号。

床头柜上的手机，发出嗡嗡的响声。邓立钢醒了，拿起手机看，显示屏上是一个陌生的当地号码。他放下手机，闭上眼睛由着它响去。手机继续振动着，邓立钢索性把电话挂了。

一个服务员抱着一摞毛巾走过来，问杨博："你找谁?"

杨博说："找管事的人，我想做个全套按摩。"

"去上面开个单子就行。"

"上面没人。"

"这个点儿都去吃饭了，你们等一会儿吧。"

我问："你们这里有没有后门?"

服务员摇摇头说："没有。"

"你领我看看。"

服务员领着我在足疗馆里转了一圈，确定没有后门。服务员忙自己的事情去了。我安排四个特警，一间房屋一间房屋仔细搜查。

我站在走廊尽头的一间房前，杨博说："摸过底了，这是一间库房，从来不用于营业。"

我离开那间库房，想了一下，又走回来，低声说："你再拨一遍电话。"

杨博拨电话，我竖起耳朵细听，听到了蚊子飞行一样细小的嗡嗡声。

库房里漆黑一团，一块手机屏幕上的光亮照在躺在床上的邓立钢的脸上。他心里琢磨："这个电话一遍一遍地打来，到底想干什么?"

我一脚踹开房门，一个箭步冲进去。邓立钢反应极快，一个鹞子翻身从床上跳起来，把我直接扑倒在地，膝盖死死压在我的胸口上。我一掌狠狠拍在他的喉头处，邓立钢身子软了一下，弹簧一样跳起来往外冲。我追了出去，邓立钢往楼上跑，等在地下室门口的特警，飞起一脚把他踹下了楼梯。

邓立钢一骨碌爬起来，我的枪直接顶在他的脑门上。邓立钢不怕死，飞起一脚，踢飞了我的枪，撒腿往走廊深处跑去。我捡起手枪追过去，杨博紧跟在我身后。邓立钢窜回库房，我跟着往里面冲。邓立钢推倒了橱柜，差点砸中我。我踩着橱柜跳进库房，房间里一片漆黑。我一脚踩空，掉进了深洞里，摔得眼前金星乱飞。我挣扎着爬起来，用手机光亮照看四周。洞壁有一条狭窄的通道，邓立钢真是个亡命徒，防患于未然，早早把逃生的路都挖好了。

我顺着地道往前追，这条通道跟一个宽敞的菜窖连在一起。菜窖里面阴冷潮湿，堆着萝卜、白菜、土豆和一箱一箱的酒。一个黑影顺着梯子蹿了上去，黑影顺手把铝合金的梯子抽了上去。我急得跳脚，洞壁上有凹凸不平的砖缝，我手抠脚蹬洞壁，拼命爬了上去。

我发现这里是后院，四周是一人高的院墙。梯子扔在菜窖口，邓立钢早已不见了踪影。我跟邓立钢脚前脚后，相差不足三分钟，地面冻得梆梆硬。遁地，土行孙在世也没有这个速度。足疗馆周围方圆几百米，特警严阵以待，邓立钢就算长出来翅膀，也不可能飞起来。我两眼冒火，嗓子眼窜烟。这个王八蛋到底藏到哪里去了？我跃上墙头四下看。墙外边五十米远的地方，有一个公共厕所。一辆装满麻袋的卡车，停在离墙七八米远的地方。司机从厕所里出来，拉着裤子拉链走到汽车旁边。他拉开车门，发动了汽车。我从墙头跳下来，拦在车头前面。

司机吓了一跳，摇下车窗问我："你要干啥？"

"车上拉的啥？"

"你管得着吗？"

我掏出警官证给司机看。

司机立刻改口道："土豆。"

"我上去看看。"

司机二话没说，从车上下来，配合我的检查。我爬上卡车，一袋土豆近百斤，我一袋一袋地翻着，翻出了一身大汗。

司机不知道我在翻什么，说："这一车都是土豆，没有违禁品。"

我用手背擦汗，眼珠无意往旁边一瞥，看见角落里露出一片布料。我心头一震，两步跨过去，布料上压着的麻袋突然竖了起来，邓立钢两手举着麻袋，一跃而起，双臂叫力，把一百斤重的麻袋砸向我。

我闪身躲开，邓立钢趁机飞身跳下卡车，我紧跟着他跳下去，司机惊得两手抱头蹲在地上。邓立钢没有穿鞋，提不起速，我玩命追上了他。空手道对拳击，最终变成你死我活的厮杀。我一脚狠狠踹在他的腿弯处，他猝不及防，扑通一声跪下。我把枪顶在他的后脑勺上，杨博追上来，枪顶在他的胸口，我俩同时子弹上了膛。

两个一米八高的特警冲上来，把邓立钢脸朝下掀翻在地上，反戴铐子，脚镣也戴上了。邓立钢一翻身坐了起来，阴郁的目光扫向面前站着的四个男人，问道："你们是哪儿的？"

"省厅的。"至于哪个省，我没有说。

"凭啥抓我？"

"现在全国打黑除恶，你不知道吗？你涉黄涉赌。"

邓立钢没有吱声，看得出来，他心里有了几分轻松。他认为他在绥录市算得上有头有脸，就这点儿小事，过几天就会被捞出来。

我们押着穿衬衣衬裤的邓立钢往大门口走，呼啦啦跑过来一帮年轻人。不用问，这些人是跟着邓立钢混饭吃的喽啰。他们连喊带叫，要我们把人放了。

我厉声喝道："警察办案执行公务，你们都给我滚远点儿！"

混混们手里拿着木棍，咋咋呼呼不信邪。

"不走，小心我毙了你们！操！"我双眉紧锁，掏出了手枪。

杨博和两个特警同时打开枪的保险，枪口对着那帮混混。那帮小子盯着我们手里的枪，不敢上前了。

一辆帕萨特车疾驰而来，停在我们面前，两个特警和杨博立刻把邓立钢弄上车。司机非常紧张，没等我抬腿上车。他一脚油门，车一溜烟开走了。

我被甩在原地，脑袋里有些发空。混混们见我落了单，虎视眈眈地围上来。当警察这么多年，啥阵仗没见过？我掏出来手枪，子弹上了膛，目光在他们的脸上一一扫过。

"我的枪里有五颗子弹，哪一颗都比你们跑得快，谁敢嘚瑟，我一枪就干翻他！"我冷冷地说。

乌合之众就是乌合之众，关键时刻，没人舍命跟我来真的。我不慌不忙地回到足疗馆，走进邓立钢做按摩的那间储藏室，把他的衣服裤子和鞋用床单包了，从里面出来。那帮小子还像一群呆头鹅一样，傻站在那里。我在街上拦出租车，司机见我手里拿着枪，没人敢停。我把枪掖进腰间，挑衅地看了混混们一眼，径直从他们身边走过去。我走出去很远，混混们才追了上来。

杨博突然发现我不在车上，问："彭局呢？"

特警面面相觑，杨博气急败坏地大骂："你们把罪犯装到车上，把彭局一个人扔在匪窝里，脑袋被驴踢了？"

帕萨特原地掉头，轮胎擦地发出怪叫声。我身背包袱，手里拎着手枪，在街上大踏步地走，混混们远远跟着我。我连拦两辆出租车都没有拦住，混混们围了上来，虎视眈眈地看着我。我站稳脚跟，准备迎接一场恶战。就在这个时候，帕萨特冲进人群，杨博打开车门，我立刻蹿上车，关上车门。司机一脚油门，帕萨特一溜烟开走了。

邓立钢戴着头套，扭头从后车窗往外看，什么也看不见。看这小子坐着的架势，就知道他身体松弛，一点都不紧张。

帕萨特开到安全局门口，追着石毕跑到这里的冯双环，被门卫拦在外面，她拼了命往里闯。门卫往外拖她，她撒泼打滚，扯着嗓门叫："老孙！孙学全！"

石毕和冻得浑身颤抖的邓立钢被押到安全局地下室初审，我摘下蒙在他们头上的头套，把衣服和鞋子扔给邓立钢。

邓立钢穿戴好衣裤和鞋子，抬起头，眼睛盯着我问："你们的口音不是当地的，你们到底是哪儿的？"

我说："雪城公安局。"

邓立钢和石毕心里顿时清楚，惊天的大案子破了。

20

冯双环在外面胡闹，不管怎样都要给她一个交代。我对石毕说："你老婆追到这里来了。"

石毕眼圈一阵泛红，目光复杂地看着我。我明白他有话要说，立刻把他带到了隔壁房间。

石毕叹了一口气说："天大地大，唯心唯家，心和家都让我混没了。"

我问："知道自己罪孽深重了？"

石毕点点头："过去的日子就像流沙，越想抽身就陷得越深。命运整人，不分青红皂白。你们抓我是为了雪城的事吧?"

我不置可否。

"回雪城我肯定是没命活了,要想让我配合,我有一个要求。"

"你说。"

"我想跟大门外的那个女人见一面,把家里的事情跟她交代一下,完了我肯定有一说一,积极配合你们。"

"我答应你。"

披头散发的冯双环被带了进来,看见手铐脚镣在身的石毕,她一脸惊愕地扑上去使劲摇晃着他喊:"你干啥了,啊?!孙学全,你到底背着我干啥了?"

石毕可怜巴巴的目光落在我的脸上,乞求说:"能把我的手铐打开吗?两分钟就行。"

我叫特警把石毕的手铐打开,他把身上戴的金项链、大金戒指、手表都撸下来,交给了冯双环。

冯双环两眼含泪看着石毕,他说:"我犯的是死罪,老天爷照顾我,让我多活了十年,还给了我跟你一起过日子的机会。你老问我,为啥对你和孩子这么好?现在我告诉你,我把跟你待在一起的每一天,都当作礼物来珍惜。这几年我过得知足。双环,咱俩的缘分尽了,你回家去吧,好好照顾孩子,不要再来找我。"

冯双环愣了片刻,扑上来死死地搂住他,两人抱头痛哭。

我给特警使了个眼色,特警上前拉开了他们,给石毕重新上了铐子，带他出去了。冯双环走了，她边走边哭，疲惫不堪的身影逐渐消失在安全局的大门外。

初审的时候，石毕撂得特别彻底，说他手里有十条人命。

四个罪犯抓回来了三个，宋红玉还没有落网。甄珍、林晖和李鹏飞三个人，盯着宋红玉住宅楼，从夜里一直盯到第二天天色大亮。宋红玉依旧像往常一样，送儿子去托儿所，然后会情人。

午饭后，宋红玉从情人家里出来，直接去了步行街，那里有她弟弟的一个摊位。宋红玉换弟弟出去吃饭，她坐在那里看了一会儿摊位，然后去了地下商城。地下商城的通道跟地铁的通道一样，长而且笔直，特别不利于盯梢。甄珍不能老盯着宋红玉，怕她一开门，跟自己撞个脸对脸，认出来自己。

甄珍换刑警李鹏飞盯着下面，她在地面上守着。

几分钟后，她跟下面的李鹏飞通电话。李鹏飞说："她在买东西，我盯住了。"

甄珍心中忐忑，她叫林晖在这里守着，她到通道的那一头去堵。甄珍快步下了楼梯，看见李鹏飞站在一家货摊跟前，她走过去小声问："人呢？"

李鹏飞往卖小商品的地方努了一下嘴："在里面坐着呢。"

"坐着？"甄珍觉得不对，走到跟前一看，脑袋嗡的一声，眼睛看东西都有点模糊了。坐在那儿的女人穿着跟宋红玉一样，但绝对不是她！甄珍努力让自己冷静下来，她想，这是一趟直街，宋红玉不可能大摇大摆地走出去。

甄珍对李鹏飞说："她还在这条街上，那一头有林晖堵着，你在这个口守住了。我一家一家地查，不信她能遁地逃了。"

李鹏飞立刻把守住楼梯口。甄珍一个店铺一个店铺地细查，走到尽头，也没看到宋红玉。她急得嘴里发苦，劝自己冷静。反过身往回走，走到倒数第三家卖帽子的店铺，再次往里面看了一眼。店铺里没人，只有店主脸朝里站在柜台里面，她身穿红色羽绒服，头戴一顶呢帽，齐肩短发从帽子里露出来。看穿着打扮就不是宋红玉，甄珍想了一下，还是走了进来。

这个时候我给甄珍打了电话，她转身走到门口接电话。我告诉她说："三个小组都圆满完成任务，就看你的了。"

甄珍心里着急，抬起头看着街道的尽头，夕阳即将西下。她的心揪成了一团，反身回到卖帽子的店铺，戴呢帽的女人不在柜台里面了。甄珍叫了声"老板"，一个中年妇女从帘子后面探身出来，问："买帽子？大甩卖，所有的都五折。"

甄珍大惊，转身就往外跑。杂货店门口人影一闪，她紧追两步冲了上去。那人跑进后面的库房，甄珍追了进去，店老板被突如其来的追逐弄得愣住了。库房很小，戴呢子帽的女人被堵在墙角，两眼射出两道寒光，此人正是宋红玉。

甄珍掏出手铐，走到宋红玉跟前，抓住她的一只手戴手铐。宋红玉的另一只手飞快地拽下货架上的马鞭，狠狠给了甄珍一鞭。甄珍身子没有躲，手也没有松开。她拽着宋红玉的胳膊使劲朝后一掰，嘎巴一声脱臼了，宋红玉疼得一声号叫，跪在地上。甄珍利落地给她戴上手铐，摘下帽子，她头上的假发掉了下来。甄珍一把扯开她的羽绒服，里面是白颜色衣服。

甄珍冷笑："反侦查能力挺强啊，差点让你漏网了。"

甄珍给宋红玉的胳膊复位后，戴上了手铐。宋红玉喘匀了这口气问："你为啥抓我？"

甄珍说："你犯过的罪自己不清楚吗？"

"不清楚！"宋红玉面无惧色。

甄珍手指了一下自己："不认识我了吗？"

宋红玉的目光，从她的脸上滑过去，摇摇头说："不认识。"

甄珍提醒说："2004年，滦城和业小区8号楼1单元3002房间的绑架案。"

宋红玉一怔，随即冷静地说："我不知道你在说什么。"

甄珍从口袋里掏出来那个银手镯，在她眼前晃了两晃："认识它吧？"

宋红玉的脸瞬间变了颜色。

甄珍说："这个手镯见证了你怎样杀的人。"

宋红玉狡辩说："没看见它有嘴，它怎么告诉你的？"

甄珍："它没有嘴，你有啊，是你告诉我的，我一个字都没敢忘。"

宋红玉冷笑："有证据吗？"

甄珍说："有啊，我就是那个差点被你弄死的甄珍。"

宋红玉认出了她，嘴唇不由自主地哆嗦起来。

吉大顺和宋红玉被陆续押解到安全局，四个罪犯全部落网。为防止意外发生，我决定带着人犯连夜开拔。公安部有规定，外地警方来抓人，当地警察要配合。我不敢让绥录市公安局知道这次抓捕行动，知道了这几个人我一个都带不回去。这样的事情太多了，命案逃犯非常值钱，谁得到谁就抢功了。

在绥录的地盘抓人，就是从人家的嘴里抢食。他们完全有权力把罪犯扣下来，理由很充分，罪犯在绥录市生活了十年，他们在绥录辖区犯没犯案子，他们必须查清楚了才行。

没有开囚车来，是因为不敢声张。四个嫌疑犯戴着头套、脚镣和手铐，押在一辆中巴上，另外两辆车上押着邓立群和宋红玉的弟弟。大家轮换着开车，一路人歇，车不歇。实在太困，就吃辣椒提神。

黎明时分，汽车开进加油站，给汽车加油。特警们分别押着嫌犯上厕所，甄珍押着宋红玉从女厕所出来，我押着邓立钢往男厕所走。宋红玉从头套下面的缝隙里看见了邓立钢脚上的鞋，认出来是邓立钢走过来了。

宋红玉说："老公，我在这儿呢。"

邓立钢听到宋红玉的声音，立刻停住了脚步。

宋红玉说："这辈子没跟你过够，下辈子我还做你媳妇。"

甄珍狠狠地捣了宋红玉一胳膊肘，她疼得一口气差点没上来。

"跟我在一起是一条死路。"

"人生出来，就在往死的路上走。"

甄珍又捣了宋红玉一胳膊肘，她强忍着没喊出声来。

车辆上路，换葛守佳开车，林晖坐在副驾上，警惕地注意着前方的路况。杨博守着石毕；甄珍守着宋红玉；我守着邓立钢。四个人在路上的表现，完全不一样。石毕睡佛一样，一觉连着一觉；吉大顺彻底垮了，烂泥一样瘫在座位上；宋红玉一会儿哭一会儿笑；邓立钢腰板笔直，坐在座位上跟我聊天。他问我喜欢看什么书？我说，逮着什么看什么。他说："我喜欢看侦破小说，《福尔摩斯探案全集》一共九本，我全都看过。"

"哪九本？"

"《血字的研究》《四签名》《回忆录》《归来记》《巴斯克维尔的猎犬》《恐怖谷》《最后的致意》《新探案》《怪案探案》。"

"电视里的法制节目看吗？"

"必须看啊，知己知彼，百战不殆。"

"口气挺大。"

"十年中，你两次跟我擦肩而过，这是事实吧？"他脑袋上蒙着面罩，看不到表情，声音里透出来的得意很是刺耳。

"常言道，事不过三，你没逃过这个三。邓立钢，你记住，三是你的吉祥数字。"

邓立钢不服气，用鼻子哼了一声。

"你看啊，你不使用信用卡，不乘坐飞机，不住酒店，不在公开场合留下任何身份信息。你以为如此小心谨慎，安稳的日子能够一直延续下去。没想到十年后，咔嚓一声折在了我手里。"我拍拍邓立钢的肩膀说，"睡吧，睡吧，到家想睡也睡不成了。"

邓立钢不再说话，不知道他是不是睡着了。反正我不敢睡，我的眼睛里布满了血丝，干得像有砂纸在眼皮里面硬磨。

两千公里的路程，一口气干过来了。汽车开进雪城，我扯下邓立钢头上的面罩，让他往窗外看。

"你看看这是什么位置?"

邓立钢眨巴着眼睛，慢慢适应了光线，说："我离开雪城已经十年了，这里我完全不认识了。"

我指着前面的红绿灯告诉他："这里是青檀街和通汇街的交叉路口。"

"那我知道了。"邓立钢收回了目光说。

"当年你是从这里跑路的，审判也将在这里进行。邓立钢，你从起点回到终点了。"

邓立钢闭上了眼睛，懒得再跟我说话了。

21

罪犯押进了看守所，大家紧绷的神经松下来，立刻觉得全身瘫软。我组织了一场冰球赛，刑警队十二名警员，每组六个队员，在冰球场上激烈地厮杀着，双方队员的身体不断发生猛烈的碰撞。没上场的警员们在护栏后面，敲打着护栏呐喊。冰球传到我的脚下，我挥杆击球，冰球射入球门。看球的人吹口哨喊叫，有人把帽子、手套扔进场子里。

杨博一把把我扑到了护栏上，热气喷在我的脸上。我摘下头盔问："干一架吗？"杨博摘头盔："来吧！"

我俩把头盔、冰球杆、手套都甩落在冰面上。看到我俩这个动作，队伍立刻乱了，两队队员相爱相杀地厮打在一处。场外看球的警员，兴奋地有节奏地敲响护栏助威。

老规矩，从冰球场出来，我们十几个男人赤身裸体，大汗淋漓地坐在汗蒸室里，七嘴八舌地议论着叫人兴奋到发狂的绥录城追捕。

我说："这次行动，弟兄们辛苦了，老规矩我请大家吃饭。"

杨博说："你又喝不了酒，咋呼啥？"

"我不能喝，你们喝呀！"

葛守佳问："能不能敞开了喝?"

我大咧咧地说："有多大的口子都敞开，有尿性，你把喜庆楼给喝黄了。"

杨博说："别喜庆楼了，还是老规矩，吃火锅喝啤酒，实实惠惠的。"

我们去了青檀街那家火锅店，弟兄们围桌而坐，鲜红的汤汁在火锅里翻腾着。大家说笑着频频碰杯，甄珍夹在我们中间，笑得相当开心。我们拼酒的时候，甄珍溜出火锅店，走到了当年杜仲父亲开的那个店的门口。门口的那个树墩还在，工艺美术店已经换成了蛋糕冰激凌店。甄珍买了一个冰激凌，问店主："原来这里是工艺美术店吧?"

"是啊，那家店搬走了。"

"搬哪儿去了?"

"在青檀大厦里租了一个摊位。"

青檀大厦里富丽堂皇，年轻人摩肩接踵地在里面购物、喝冷饮、吃饭、看电影。甄珍走到地下一层，跟电梯对着的柜台里摆着一艘木质的大邮轮。甄珍立刻被它吸引住了，走过去细细地端详那只大邮轮。柜台里没有人。甄珍在雪糕店里买了一支雪糕，回到了火锅店。雪糕配火锅，冰火两重天。

周末，我把甄珍叫到家里来吃饺子。甄珍来后的第一件事，是给彭程补课。彭程正值叛逆期，只要往板凳上一坐，就像蒺藜狗子扎在屁股上，怎么坐都疼。一物降一物，卤水点豆腐，甄珍偏偏治得了他。

甄珍给彭程讲解作业，她说："水桶里装着水及大量的冰块，冰块触到桶底，冰融化后，桶内的水面，A高于原来的水面，B等于原来的水面，C低于原来的水面。你选ABC哪一个？"

彭程咬着笔杆半天没答上来。

"答不上来？"

"你选哪个？"彭程反问她。

甄珍说："我选A。"

"为什么？"彭程问。

甄珍说："冰融化后，水面上升，高于原来的水面。"

彭程疑惑不解地看着她。

"这么说吧，容器内冰浮在水面上，冰化水质量不变；这道题的冰不是浮在水面上。这是这道题的突破口。"

坐到餐桌旁边吃饭的时候，甄珍问彭程："服不服？"

"不服。"

"下面的题你自己做。"

"你刚才还说，骄傲使人落后。"

"只有自己有一桶水，才有可能给学生一碗水。你们老师说过这话吧？"

"说过。"

"实话实说，你姐我真的有一桶水。"

程果和我偷笑。彭程不说话了，埋头啃鸡爪子。

我问甄珍："你爸妈搬回雪城了？"

甄珍点点头说："嗯，把租出去的房子收了回来，重新装修了一下。"

"老两口还吵吗？"我问。

"老了，吵不动了。注意力全都转移到他们养的那只猫身上了。整天追着那只猫，咪咪、咪咪地叫。"

程果说："赶紧处个对象，结了婚生个孩子，你爸妈立刻有正事干了。"

"我不行。"甄珍一口拒绝了。

程果问："怎么不行？"

甄珍："滦城回来以后，我有过很长时间的心理障碍，爸妈为我的病搬到了外地。现在虽然病好了，但是我对男人还是有很强的戒备心。"

我说："刑警大队的那帮小子，出去喝酒都带着你，我没看出来你有啥戒备心啊。"

甄珍叫起来："他们是我的家人啊！"

彭程突然问："姐，两个电阻并联时，电路的总电阻怎么计算呢？"

甄珍张口就来："鸡（积）在河（和）上飞！"

罪犯落网，我第一时间给刘亮打了电话。刘亮正央求着老婆喝汤药："喝了药，身子就不疼了，也能睡着觉。听话，喝啊？"

老婆脸冲墙，不理睬他。

听到电话铃响，刘亮放下药碗接电话，问是哪一位。

我说："我是彭兆林啊，告诉你一个好消息，杀害刘欣源的罪犯落网了。"

听筒里没有任何反应，我以为断线了，连着喂了几声。

刘亮身子抖成一团，声音颤抖着说："我打开了免提，你大点声再说一遍，让我老婆和我闺女都能听见。"

我的话从话筒里面清清楚楚地传出来："杀害刘欣源的那伙罪犯，全部落网了。"

刘亮说不出话来，眼泪决堤似的喷涌而出。刘亮的老婆硬撑着从炕上下来，她走到桌子旁边，两只眼睛死死地盯着电话。

刘亮哭着问老婆："听见了？"

刘亮的老婆，拿起来电话，放在耳边小声问："我家欣源听见了吗？"

"杀人偿命，你的女儿能闭眼了。"我的语气十分坚定。

刘亮的老婆挂了电话，眼泪成串地掉下来，随后号啕出声，她越哭，声音越大。

刘亮走过来，轻轻拍着老婆的后背。医生曾经说过，她要是能哭出来，病情会往好了发展。可她偏偏一个眼泪疙瘩都没掉，眼下的这场大哭来之不易，这是她积攒了十年的眼泪啊。

三天后，刘亮带着老婆赶到雪城来。推开办公室的门，看见我拉着老婆扑通一声双膝跪下。我吓了一跳，连拉带拽地把白发苍苍的老两口搀起来，安顿他们在沙发上坐下。

刘亮老泪纵横，死死地攥着我的手说："昨天晚上，我梦见我家欣源了，十年了，我第一次梦见她。女儿还是离开家时候的模样，她跟我说，爸，我的仇报了，可以放心地走了。真真亮亮的，一点都不像是梦。"

刘亮的老婆憨笑着频频点头。她打开了搂在胸前的一卷东西，是一面锦旗，一米五宽，两米长，上面写着十六个大字："社会良心，匡扶正义；神警雄风，罪犯克星"。老两口说，审判罪犯的时候，他们一定出庭。

邓立钢在雪城公安局是有案底的，他被缉拿归案以后，有检举的，只要情况属实，罪行罗列到位，有被害人家属出现，给他罪加一等。让他服罪，是一个艰难的过程。

预审工作就是靠思维逻辑，来判断供述者的清白。一句顶一句，一环扣一环，预审员要全神贯注寻找漏洞和切入点，是针尖对麦芒的近距离较量。如果说抓捕过程中，嫌疑人是在困兽犹斗，预审环节就是他们的最后一搏。

邓立钢一副死猪不怕开水烫的模样，半闭着眼睛，由着预审员问。

"南丰的那个案子是你做的吗?"

邓立钢翻了一下白眼："不是。"

"那是谁做的?"

"我哪知道?"

"你怎么会不知道?"

邓立钢身子往后一仰，满脸不在乎地说："我自己屁眼流着血，哪还顾得上别人长痔疮。"

再问，邓立钢就把脑袋往桌子上撞，说头疼。看守押着戴着头套的邓立钢回牢房，石毕被看守押着往外走。听到脚镣声，邓立钢明白这是石毕被带出去审讯。

邓立钢大声说："南丰的那个，咱们没做啊。"

看守揉了邓立钢一把，戴着头套的石毕脚步略一停顿，从他身边走了过去。

葛守佳说："肯定杀了，他怎么可能留活口？"

"我还不信邪了，明天我去审。"杨博说。

审讯的时候，邓立钢蔫头耷脑地坐在桌子旁边，杨博和葛守佳坐在他的对面。

杨博问："你到底说不说？"

邓立钢叹了一口气："人的寿命太短了，宇宙存在一千五百亿年了，我在它跟前就是一粒灰尘。不对，连灰尘都算不上。你让我说啥？"

"别跟我扯没用的，有一点可以肯定，我比你活得长，有的是时间等你。"杨博说。

邓立钢两眼真诚地望着他问："你能等啊？"

"能等。"杨博回答得相当肯定。

邓立钢突然把脑门使劲往桌面上一磕，砰的一声脆响，他半天没有抬起头来。

葛守佳呵斥道："抬起头来，回答问话！"

邓立钢慢慢抬起头来，脑门上鼓起一个包，满嘴是血。

回到办公室，杨博一脸沮丧地说："邓立钢这个王八蛋，这一次咬伤了舌头，缝了四针，下一次还不一定出什么幺蛾子呢。"

我说："我去会会他。"

22

审讯室，面积十平方米，四周弥漫着一股淡淡的铁锈味。审讯室的墙上贴着《犯罪嫌疑人诉讼权利义务告知书》。

邓立钢手铐脚镣在身，腰板笔直地坐在审讯桌前。看见我开门进来，立刻身体放松，靠在椅背上。他说："这些人里，我还是最得意你。"

"那你可真得意对了。"我顺着他的心缝说。

我让看守把他的手铐打开，把买来的红肠和熏鸡放在桌子上说："雪城最正宗的，吃吧。"

邓立钢撕开包装就吃，一口咬下去，陶醉地闭上了眼睛，说："奶奶的，一进嘴魂都飞了。"

"跟小时候一个味儿吧？"

"我一生出来，就在烂泥里沤着。哪儿有吃这个的命？"

"你爸干啥的？"

"锅炉工，一个月三十二块五，养活我们一家四口。自己活得糟心，喜欢喝两口，一喝就多。喝多了，不是打我妈，就是打我和我弟弟，我特别恨他，发誓好好跟他干一仗。"

我手里剥着花生米，认真地听他说。

"我偷了钱，跑到五台山去学习武术。没等功夫学成，我爸病死了，仇还是没报成。"

"啥病？"

"肝癌。"

"那年你多大？"

邓立钢想了一下说："十一二岁吧。"

他熟练地把烧鸡肢解了，有滋有味地吃着。

"你学过人体解剖吗？"

邓立钢嚼着鸡大腿说："那点事儿用学吗？一回生二回熟，问这干啥？"

"好奇呀！"

"你这人真行，碧水家园那点儿破事，你一咬就是十年。"

"你光做了那一件案子吗？"

邓立钢从嘴里掏出来一块鸡脆骨放在桌子上，问："你觉得那案子坐实了？"

"你留在墙上的手指印，是翻不了案的。"

邓立钢不吃了，眼神柔和地看着我，像看着自己的亲兄弟。

"这样看着我干啥？"

"咱俩算得上势均力敌，我知道你想干什么。"

"你说说，我想干什么？"

"看似闲聊，实际在围城打援。"

我看着他笑了，他说："我被你琢磨了十年，就是块生铁砣，也被你磨成铁片子了，你还有啥不知道的？"

"就算你是一眼枯井，我好歹也要跳下去摸一摸吧？再说了，你这一辈子，尽翻人家的烧饼，抽人家的吊桥。屎不顶到屁眼，肯定不往外拉。"

邓立钢扑哧一声笑了，把油腻的手在身上抹了一把。

"看出来了，你在跟我下盲棋。好，你走第一步，拱卒。"

"1993年，你开出租车，撞了女乘客，那是你第一次杀人。"

邓立钢脸上的笑容消失了，说："吉大顺这个臭嘴巴，为了多活三十秒，爹娘老子他都能分部位摘零件，要高价卖了。"

"你做的那些事，我用笊篱捞了十年，捞出来的全是干货。你们作案的足迹遍及广东、湖南、福建、陕西、山西、天津、黑龙江、辽宁、吉林等地，我说得没错吧？"

邓立钢拿起一个鸡爪子啃起来。

"你们绑小姐，因为小姐流动性大，隐蔽性强，职业说不出口，连名字都是假的。没名没姓查起来，能省去很多麻烦。每次绑架两个小姐，这样效率高，来钱快。小姐的家不能是本地的，本地人容易被发现；要找漂亮的小姐，这样的小姐翻台高有钱。被绑架了以后，给家里打电话，不让她说确切地址，在天津一定说在沈阳，精心策划，天衣无缝。"

邓立钢放下鸡爪子，看着我不说话。我收起笑容，目不转睛地看着他。审讯室里一片寂静。

我点着一根烟，深深地吸了一口。邓立钢看我的目光有了些别的内容，我把烟从嘴上拿下来，塞进他的嘴里。邓立钢使劲地吸了一大口，烟灰燃出来老长，掉在他面前的桌子上。邓立钢一口一口地吸着，直到那根烟全部吸完。

邓立钢说："还是那句话，抓我的这群人里，我还就服你。"

"有你这么服的吗？"

"让我说实话，老兄，你也给我撂一句实的。"

"你说。"

"你是不是从我弟弟看病这件事上，找到突破口的？"

我点点头。

邓立钢叹了口气："这就是命！再三强调不能回雪城，他偏偏偷着跑回去，气得我把他的胳膊都打断了。"

"你的整个计划，算得上天衣无缝，但是百密必有一疏。你给你妈漂白身份，'张凤慈'三个字，一个字也没改，只是把她的身高和年龄改了。我很奇怪，这不该是你的疏忽啊。"

提到母亲和弟弟，邓立钢没那么硬了，他说："我妈有病，记性不好，记不住新改的名字。一旦出去走丢了，反倒会节外生枝。"

审讯室里陷入沉默。我不错眼珠地盯着邓立钢，看这盘棋，往下他走哪一步。

邓立钢紧闭双唇不再说话，我也一个字都不再问。他憋得满脑袋淌汗，我心里着急，汗水顺着手指尖往下流。

邓立钢终于开口了，说："人狂无好事，狗狂挨砖头。我就是爱自己跟自己扛劲，一抬眼走到头了，我这辈子，没有吃不了的苦，也没有扛不了的硬。只有一个坎过不去，那就是我儿子。"

沉默片刻，邓立钢抬起头看着我说："你不要把我的事，告诉我的儿子。"

邓立钢有这个心思，是我没想到的。

"为啥？"

"怕我儿子长大以后，抬不起头来。"

"他现在才三四岁，到长大成人，还有几十年的时间，怎么可能瞒得住？早知今日，你何必当初呢？"

"我没算计到我能当爹，孩子突然就来了，不双手接着不行。宋红玉那窄骨盆，也就能当一回妈，这个便宜，让我占了。她是被我拖累了，没参与过我们的事，完全不知情。"

我笑了："抓住你老婆的人，就是当初差点被她弄死的那个女孩。那个叫邱枫的女人也还活着，宋红玉可以说是罪大恶极，怎么可能不知情？"

邓立钢垂下眼帘，等他再抬起眼睛，眼眶里有了泪光，说："人哪，其实到死那天才知道，这一辈子根本不够用。"

我真诚地说："我国法律是杀人偿命。你杀了那么多人，欠下那么多血债，早就走上不归路了。量刑的事情我伸不上手，你家里的事，我都能帮着解决。你妈看病，养老送终，孩子抚养，力所能及的，我能伸上手的，肯定帮忙。说说吧，你现在最大的心愿是什么？"

邓立钢低声说："我想看看我儿子。"

我立刻打电话给绥录市安全局的乔志，让他去托儿所用手机拍一张邓立钢儿子的照片发过来。

不一会儿，照片发过来了，小男孩孤单单地坐在秋千上，一双大眼睛盯着镜头。我把照片打印出来，交给了邓立钢，说道："我批准你把这张照片带到监所里面去。"

邓立钢拿着那张照片动了感情。亲情这个东西，由远而近在他身体里炸开了。他的眼泪倾泻而下，滴滴答答砸在照片上。他急忙用袖子擦干净了，又一拨眼泪落上去。邓立钢索性哭起来，哭得一塌糊涂。我一张一张地给他递纸，用完的面巾纸一团团扔在桌子上，像一朵朵白纸花。邓立钢哭透了，逐渐平静下来。

"你想知道啥？问吧。"

我心头刚一松，他立刻补充了一句："老哥，我敬重你。咱俩聊啥都可以，但是不能摄像，不能记录。"

邓立钢提出来的条件，我都答应了。

邓立钢擦干眼泪，两手抹了一把脸说："从小到大，我就没这么难受过。感情在我眼里就是泡屎，可这泡屎把我的五脏六腑搅和碎了。"

"我也有儿子，我懂。"

"我爸死了，我妈让我回学校上学，我性格不好，因为打架把对方打成重伤，学校把我开除了。从那时起，我开始在社会上混。我妈身体不好，我挑起养家的重担，做买卖没本钱，弄了辆三手车，开始拉黑活。1993年那次犯事，纯属意外。

"那个女人租我的车去草营，我说那么远的路，我的车走不了表。她说，十五里路，撑死二十块钱。我告诉她，前面场桥修路得绕行。她觉得我诳她，坚持走场桥。到了场桥看到路障，她才相信了，连声说触霉头。我说，怕我给你绕道，这一掉头回去，绕得更远。她说，顶多三里。我告诉她，什么三里，八里都不止！她说我敲诈她。我立刻停车，让她滚下去。我把她扔在路边，自己开车走了。

"这女人的脾气比我还臭，追着车骂我。她骂我的时候，把我妈卷了进来。我心里的火立刻压不住了，开车走了一半，又掉头回来追她。那女人心知不好，撒腿就跑。她越跑，我越火大，开车撞倒她。这女人嘴硬，躺在地上还接着骂。我抢过来她的提包，从钱包里面拿钱。女人满脸是血，嘴终于软了，求我把她送到医院。我说，我撞你这一下，是因为你嘴损嘴臭，这下咱俩扯平，谁也不欠谁了。你命大就爬回去，命不济就地刨个坑，把自己埋了。

"女人再次求我，说卡里有钱，给我密码取钱，送她去医院留她一命。我把女人的嘴里塞了一只手套，把她塞进后备厢里。到ATM机取了三次钱，再换一个ATM机，把卡里的钱全部取光。车开到僻静处，打开后备厢，女人已经死了。当时我就蒙了，不知道该怎么办。半夜回到租住的陋室，把女人扛进屋，肢解了。我这人天生就知道，肢解尸体该从哪里下刀。我把她切成二十块，用垃圾袋装了，连夜开车二百公里，一袋一袋扔到沿途的荒山野岭里。"

我说："一个采药人发现报了案，有人说她上过你的车。你逃出雪城，套头了李建峰的身份证才敢回来。"

邓立钢叹了一口气："万事起头难，真的上了手，就觉得没他妈的那么难了。后来有了帮手，干起来就更手拿把攥了。我们准备去哪儿，就先把绞肉机发过去。我在工厂的时候是钳工，会机械修理，吉大顺是电气工，我俩都有手艺。我们到哪儿都租高档小区，高层带浴盆的，三室一厅，注重包装自己，往大老板的架势上捯饬。金表、金项链，公文包一夹，一忽悠一个准儿。"

我一言不发地看着邓立钢。

"你不用这样看我，我早就有思想准备，不就是个死嘛。1993年把我抓住就是死刑，现在是2011年，我在这个世界上多活了十八年，赚了！我要是再能漂白一回，你们连我的影子都摸不着了。"

"还怎么漂？"

"那个时候，我就把媳妇和孩子都杀了。"

邓立钢的语气如此平静，我惊出了一身的冷汗。

"把我儿子从楼上推下去，把宋红玉、石毕、吉大顺全部弄死，这样我就彻底安全了。"邓立钢停顿了片刻，苦笑了一下说，"死就死吧，我也活够了，跟老婆和老丈人吵架的时候，跳楼死的心思都有。"

"为什么没跳?"

"我这个人有个原则，宁可当罪犯，也不当受害者。我不怕死，死了躺在坟墓里的好处就是不用怕一天天变老，不用怕有病，不用努力回忆'害怕'这两个字到底有多少笔画。"

"你觉得你会有坟墓吗?"

邓立钢垂下眼皮片刻后，重新抬起眼睛看我，说："老兄，你的棋下得狠，每个棋子下面，都藏着一把匕首，稍不留神，我就被你割了喉。"

23

审石毕没费什么劲，石毕是邓立钢团伙中学历最高的。我问他怎么走上犯罪道路的，他说："上高中时，我父亲去世，母亲改嫁。继父不喜欢我，我一直处于寄人篱下的感受当中。我脑子好使，成绩一直不错。大学毕业后，分在工厂里当助理工程师。我不喜欢这个工作，经常逃班。母亲生病，急需一笔钱。我盗窃厂子里的电缆线去卖，被工厂开除了。我开始鼓捣买卖做生意。挣了一笔钱后，结婚了。我老婆身材、长相都是一流，她怂恿我贷款买了辆汽车倒腾啤酒，挣来的钱全攥在我老婆的手里。我常年在外面跑，老婆有了外遇。给我戴了绿帽子以后，她提出了离婚，把家里的钱全部卷走了。"

说到这里，石毕沉默了下来。我看着他，等待他继续往下说。

"那几年是我人生的最低谷，在我穷困潦倒的时候，邓立钢伸手拉了我一把。我第一次跟着他出去绑架人，吓得魂飞魄散。那一次到手五万块钱，这让我尝到了甜头，以后再做就自如了。"

"你杀人就没有罪孽感吗？"

"有啊，一冒头，我就把它压下去。杀第一个人，让我崩溃了一下；杀第二个人，感觉好一些；后来越来越麻木，杀了多少人，我没仔细算过。把自己当成野兽，就会忘记做人的痛苦。我常做噩梦，见到警察和警车就心惊。我也想过收手，但是分到手的钱很快就花光，没钱的时候，邓立钢大大方方地给我钱用。我就是抱着报答他的心态，跟他一起干到了最后。"

"我打听了，被捕后，你家里没有人来看你，也没有人给你存钱，邓立钢把自己的钱挂在你的账上，让你随便花。"

"他对我很够意思。"

"为了感谢他，很多事你都替他背着了？"

"人确实都是我杀的，他只是到现场帮助我处理过尸体。"

我笑了："你这义气讲得一点用都没有，一个案子就够毙他的，别说还有你想帮他掩盖的那些。"

石毕不说话了。

"冯双环在你被捕后，很快就将商店转让出去。她带着孩子去了哪里，没有人知道。"

石毕叹了一口气说："万般带不走，唯有孽缠身。如果让我在无数个错误当中找一个对的，那就是我没有再成家，也没有后代，死了也没啥牵挂的。冯双环是这个世界上唯一对我实心实意的女人。我对她心存感激，她对我做什么，我都不会怪她。"

"你觉得邓立钢会跟你铁到底吗？"

石毕摇头说："身份漂白后的这几年里，总感觉到他有可能会干掉我。我处处提高警惕，从心里害怕他，又不敢跟他散伙。我承认这个世界上，只有他跟我是同一类人。他能看透我，我也能看透他。因为看透了，才不能在一起待着。我这个人，越是一个人待着，越跟自己过不去，甚至会出现一些疯狂的念头。"

"啥念头？"

"杀人很简单，承受这一切，活着才困难。我想整死自己，几次都没下去手。到了绥录以后，我拼命地吃，玩命地睡，想让自己胖得走形，谁都认不出来。老天爷连这点忙都不肯帮，我胖成这样，还是让你们认出来了。"

"都说举头三尺有神明，老天爷公平。"

石毕叹了一口气，抬起头看着我说："认命，认命，我的命我得认。我一共做了十起案子，每一次杀两个人，我参与杀害的有二十个人，我最后问你一句。"

　　"你问吧。"

　　"你是不是在碧水家园立柜的夹缝里找到了我藏在那里的驾照？"

　　我点点头。

　　"藏驾照的事我一直没敢说，邓立钢知道会立即砍了我。"

　　石毕在监狱里吃得下睡得着，人越发肥胖起来。他说睡着了，就不想要死这件事情了。

　　吉大顺的情况很糟糕，肺癌转移到淋巴，进入到末期，他对自己的现状比较满意。知道不用等到宣判，他就两腿一蹬，一路小跑，找阎王爷报到去了。

　　我满足了吉大顺的要求，让他看老婆孩子一眼。他的老婆和十七岁的儿子站在他的病床前，吉大顺挣扎着坐起来。

　　他老婆眼泪成串地往下掉，哽咽着说："你看你人不人鬼不鬼，到底图啥呀！家和孩子都不要了。这么多年，你在外面混，想过我们娘俩吗？"

　　吉大顺点点头，又摇摇头，他的目光久久地停留在儿子的脸上。

　　吉大顺说："你妈来我想到了，你来我真没想到。"

　　儿子垂着眼睛嘟囔了一句："我妈硬拉我来的。"

吉大顺内疚地说:"你过七岁生日那天,爸给你打过电话,你还记得吗?眨眼又十年过去了,爸真的没为你尽过啥责任,爸爸对不起你,你能原谅爸爸吗?"

儿子把目光转向别处,语气平静地说:"我妈一个人,拉扯着我过了十年,苦和难就不说了。眼下日子刚有点起色,突然冒出一个爹来,还罪大恶极。我对你的感情只有一个字,'恨'!"

吉大顺点点头:"理解,我理解。我得的是绝症,没几天活头了。你们能让我见最后一面,我满足了。"

老婆哭着拉儿子出去了,吉大顺靠在床上喘息着。我进来把枕头垫在他的后背处,让他坐得舒服一点。

吉大顺说:"你满足了我的要求,我也满足你。"

吉大顺从逃亡到绥录讲起:"到了绥录,我们全都漂白了身份以后,邓立钢定下一条铁的纪律,对外宣称是堂兄弟,对内约定私下不见面、不联系、不沟通。任何人在任何时候、任何情况下,都不能再回雪城,更不能跟雪城的任何人建立联系。我一度想脱离邓立钢回雪城去,他摸透了我的心思。趁着回雪城接他妈和兄弟,找到我的媳妇和孩子。他先是把一摞钱放在我老婆的面前,说,嫂子,我这次回来得匆忙,没给你们准备礼物,这五千块钱,给大侄子买点吃的用的吧。我老婆感激得眼泪快掉下来了,问邓立钢,那口子身体还好吧?邓立钢说,好着呢,我给四哥打个电话,你俩聊一聊。

"邓立钢拨通了我的电话,说他在我家呢。我吃了一惊，他又说，你跟嫂子说两句话吧。老婆在电话里问我，人家都能回来看看，你怎么就不能？你心里还有没有我们娘俩？我明白，事情没有那么简单。我支开我老婆，让她去做饭。我在电话里问邓立钢，怎么突然回去了？你不是说任何情况下，都不能回雪城吗？他说，你想家心重，我替你看看弟妹和大侄子。看见我老婆领着儿子出去了，他压低声音说，你死也给我死在外面。你要是再动回来的心思，你媳妇和孩子，我都给你做了。从那以后，我没再跟他提想回雪城的事。"

护士进来换输液架上的液体。吉大顺仰着头，看着液体一滴一滴地滴下来。他的脸上突然露出了笑容："我这辈子活得不亏，钱和女人哪一样都没少沾。临了得了绝症，等不到执行死刑的那一天，阎王爷就给我发了帖，好歹混了个自然死亡。"

"医生跟我说了，我最多还有两个月。"吉大顺伸出两根手指，叹了一口气，"邓立钢只要还活着，我的心就得拎着。他这个人心狠手辣，叫人捉摸不透。你要是惹了他，他脸上一点不挂相。等你觉得没事了，他会突然给你一闷棍。跟他在一起的这十几年，我心里有根弦始终绷得紧紧的。眼看就要绷断了的时候，被你们抓进来了。坏事变好事，趁我还有这口气，想问什么你就赶紧问吧，我做过的事我都认。"

宋红玉没入伙之前，吉大顺负责往回钓人，在烟台的时候，他钓回来了一个叫吉雅的妈妈桑。

吉雅被胶带捆住手脚躺在地上，蓬乱的长发盖在脸上。邓立钢揪着她的头发把她拎着坐起来。吉雅把蒙在脸上的头发甩在一边，一张白皙的脸露了出来。吉大顺的眼睛粘在她的脸上，目光渐渐地直了。他捅了一下石毕，石毕没搭理他，转身进厨房了，吉大顺跟了进去。

石毕烧水煮面，吉大顺站在旁边看他做饭。

吉大顺说："绑她的时候，没觉得她这么漂亮，这女人可真耐看。"

"耐看又能咋的?"石毕眼皮都没撩。

吉大顺说："你这人绿帽子戴怕了，见不得漂亮女人。"

石毕没搭理他，把煮好的面捞到碗里，肉卤浇在面上。

"帮我想个办法，把她留下。"吉大顺央求说。

石毕看了他一眼，没有说话。

"你倒是吭一声啊。"

"就算我能拉金子，你也得让我蹲一会儿吧?"

吉大顺忙说："行，你就当厨房是茅坑，踏踏实实地蹲着吧。"

石毕端着两碗面出去了，吉大顺端着灶台上剩下的那一碗跟在后面也出去了。

邓立钢、石毕和吉大顺坐在沙发上吃饭，吉大顺的目光不时扫向吉雅。

邓立钢吃着面对吉雅说："你们那个行业赚钱，我知道。"

吉雅低着头说："我卡里只有那么多钱，是我的全部家产。"

"多少?"

"五十万,我把密码告诉你们,你们拿了钱放我回去。我立刻回老家,再也不出来了。"

邓立钢不相信地说:"五十万没了,你不报警才怪。"

吉雅赌咒发誓:"我报警,你就杀了我。"

邓立钢点点头说:"提醒得好,身份证在我手里,找你也容易。"

"我兄弟是个狠人,吐口唾沫,地能砸个坑。"吉大顺煽风点火。

吉雅频频点头:"我知道,我肯定不报警,报警对我一点好处都没有。"

邓立钢扔给她纸和笔,让她把密码写下来。

吉雅写完密码,邓立钢对吉大顺说:"你一笔一笔地取钱,老规矩,别在一个地方取。"

吉大顺取回来钱,交给邓立钢。邓立钢坐在餐桌前数钱,吉大顺在卧室里跟吉雅翻云覆雨。石毕走到卧室门口,敲了一下门,提醒他:"喂,差不多行了。"

吉大顺跳下床穿好衣服,重新捆住了吉雅的手脚。他借着外出取钱的机会,偷偷买一些蛋糕面包,带回来给吉雅吃。

"钱取完就放你回家。"吉大顺安慰吉雅。

吉雅胆怯地看了一眼门。

"你姓吉,我也姓吉,一笔写不出两个吉来。你只要听我的,我保证叫你从这扇门里走出去。"

吉雅使劲点头。

吉大顺把一块蛋糕掰开，一点一点地喂她吃。

"快点吃，别让外面那两个货看见。"

吉雅落泪了，说："你对我好，我知道。"

"你别出了这个门，立刻翻脸不认人。"

"不会，绝对不会！"

吉大顺附在吉雅耳边小声问："出去以后，我要是约你，你敢赴约吗？"

吉雅竭力迎合他："敢，我一定赴约。"

吉大顺找个机会，就向邓立钢求情。

邓立钢嘲笑说："看看你那德性，见到漂亮女人，就像狗看见骨头一样，淌着哈喇子。"

石毕提醒吉大顺："好看的女人危险性高，如果还往上扑，那就不是危险性的问题了，是货真价实的危险。"

邓立钢说："石毕是读过大学的人，比你有见识。"

"他被绿过，啥女人在他眼里都该杀。咱们五十万到手了，还是把人放了吧。"吉大顺说。

邓立钢心情不错，说："送你个人情，蒙上脑袋，拉得远远地扔了，死活由她去。"

吉大顺眉开眼笑："好，好。"

"没你啥事，石毕，这差事你去办。"

吉雅被蒙着脑袋，捆着手脚，躺在汽车的后座上。石毕开车，他目视前方，一言不发。汽车在荒郊野外，停在一道土沟旁边。石毕把吉雅从车上拉下来，狠推一掌。吉雅摔下沟底。她在沟底拼命翻滚挣扎，她听见汽车离开这里开远了。吉雅蹭掉了头上蒙的头套，手腕贴着崖壁上锋利的石头，使劲摩擦着，她弄断了捆绑手腕的胶带。

吉雅撕开粘在嘴上的胶带，大声求救，无人响应。吉雅撕开捆绑着她双脚的胶带，奋力往沟上爬，几次滚下来。

公路上明晃晃的大车灯由远而近，一辆拉货的大货车开过来。

开大货车的是一对夫妻，女人开车，男人在后座上睡觉。车灯里突然冲出来一个人，疯狂挥舞着双手。女人惊出了一身冷汗，猛踩刹车。男人从后座上掉下来。大货车轮胎在路上擦出火花，怪叫着停下来。吉雅高举双手，紧闭双眼，站在车头前，男人和女人跳下车。

女人叫道："你不想活了？"

吉雅扑通一声给这对夫妻跪下了："求求你们，救救我！"

吉雅被这对夫妻送到了公安局里，她蓬头垢面，形容憔悴。

警察问："他给你留了电话号码？"

吉雅点点头，警察让她给吉大顺打电话，约他出来。吉雅打了吉大顺的电话。

吉大顺见是一个陌生的号码，他没有接。短信跟着到了："我是吉雅。"

吉大顺立刻把电话拨回去，铃声只响了一声，对方就接电话了："吉哥。"

"算你有良心，还记着我。"吉大顺笑了。

"那能忘了吗？要不是你替我说话，我能不能回家还两说呢。"

"咋谢我?"吉大顺问。

吉雅说："请你吃饭。"

"地方我点。"吉大顺挂了电话。

夜市灯火通明，每个露天的摊位上都坐着喝酒吃饭的人。吉雅在角落里坐着，她在人群中格外醒目。吉大顺站在远处看着她，吉雅的身边没有发现形迹可疑的人。吉大顺朝她走过去。吉雅看见了他，目光有些躲闪。吉大顺迟疑了一下，警惕的触角慢慢张开，他一步一步慢慢地走着，离吉雅还有几米远了。后厨里走出来三个端着盘子的服务员，他们目光机敏，完全不像跑堂的。吉大顺暗叫一声不好，转身就跑，三个人扔了盘子拔腿就追。夜市一条街跟几个胡同相通，吉大顺熟悉地形，三绕两绕逃了出来。

这事让邓立钢知道了，他一个嘴巴子打碎了吉大顺两颗牙。他们仨连夜逃到了陕西。这次教训让邓立钢彻底发了狠，以后绑架人，一个活口都不留。

宋红玉很难缠，提审的时候她跟猫一样乖，却什么都问不出来。邓立钢、石毕、吉大顺都说她没杀过人，三个同伙口供一致。看来，他们都想留这个有孩子的女人一条命。我们手里没有她杀人的直接证据，只能一点一点地查找。

提审回来，宋红玉一进号子，就变成了另外一个人。监舍里一个大通铺，一个挨一个，睡满了人。宋红玉被安排在铺尾，一个十分窄小的地方。宋红玉跳上去，就坐在铺头上了。舍头说，没见过这样的女人，真他妈猖狂。舍头指了一下铺尾角落里一个窄小的地方，对宋红玉说："你睡在那儿。"

宋红玉看都不看她一眼，盘腿坐稳了。

舍头脸上挂不住了，骂道："既然你这个娘们儿不懂这里的规矩，我就上手教教你。"

舍头扑过来揪宋红玉的头发，宋红玉反应灵敏，回手给了她一个嘴巴子。几个女犯立刻围了过来，摩拳擦掌想动手教训她，宋红玉像只母豹子一样，一个高蹦到地中间。

"老娘手里不止一条人命，不怕死的上！"宋红玉的声音尖锐响亮。

舍头吃了一惊。

宋红玉指着面前的人说："你们几个兔崽子再嘚瑟，我叫你们今天晚上闭上眼睛，明天早上睁不开。"

女犯们看舍头怂了，谁也不敢动了。宋红玉把枕头摆好，闭着眼睛躺下。女管教吓得一晚上不敢睡觉，眼睛不敢眨地看着她。

犯人们晚上睡觉前，会被命令盘着腿，坐在大通铺上，沉思半个小时。为的是从内心深处，忏悔自己犯过的错误。宋红玉这个时候，眼泪会顺着紧闭着的眼睛里流淌出来。她在想自己可怜的儿子，从儿子落地，她连一天都没离开过他。这个时候孩子想妈妈，不知道该怎样声嘶力竭地哭呢。

监舍里彻夜亮着灯，宋红玉睡不着，躺在铺上眼睛盯着屋顶。

女犯翻了个身看着她，小声说："提审几次了，啥时候判？"

宋红玉没有说话。

女犯又说："我犯的是诈骗罪，律师说了，我不是主犯，情节不是特别恶劣。不会判得太重，最多两年。"

"你有孩子吗？"宋红玉问。

女犯怔了一下说："没有。"

宋红玉说："我儿子从生下来，一天都没离开过我。这么多天，真不知道他怎么找我呢。"

"这些天，你不吃不喝的，管教叫我们看着你，担心你走短路。"

宋红玉问："啥短路？"

女犯看着她不说话。

宋红玉明白了，说："我才不会自杀呢，自杀那不是太便宜我了？"

女犯说："换上我，知道早晚要吃花生米，自我了断，更容易让人接受。"

"你怎么知道，我一定会被判死刑？"宋红玉的脸冷得像结了冰。

女犯说："你不是说你杀人了吗？"

宋红玉说："法庭重证据，你有证据吗？我说我生了个外星人，你能给我抱回来吗？"

女犯被宋红玉目光里的寒意逼得转过身睡了。

24

邱枫被解救后，去了泰国。四个罪犯落网了，邱枫正好回国探亲，作为证人要出庭。她找到了甄珍，两人约好了，在青檀大厦里的咖啡屋见面。

时间还早，甄珍乘滚动电梯，下到地下一层。电梯对着的柜台里，依旧摆着那艘木质的大邮轮。甄珍走过去仔细看，木制邮轮一米长，五层高，雕刻得非常精细，窗棂的格子只有牙签那么细，甲板上有坐着和站着的小人，每一个都栩栩如生。甄珍的手伸进口袋里，那里有一颗被她揉搓得油光锃亮的核桃。她自嘲地摇了一下脑袋，那个学雕刻的杜仲是个过客，在她的生命里晃了一下，就再也没出现过。

看看约好的时间已到，甄珍找到那间咖啡屋。邱枫已经到了，她背冲着门坐在角落里。甄珍走过去，站在她的面前。邱枫丰满了许多，浑身上下有一种说不出来的韵致。她看着面前的甄珍，几乎认不出来了。面前的这个甄珍，可以说是另一个甄珍，顾长苗条，青春气息逼人。两个难友完全不像预想的那样尴尬冷淡，而是像久别重逢的亲人一样，紧紧地拥抱在一起，眼泪像断了线的珍珠一样流个没完。

邱枫拉甄珍并排坐下，她紧紧攥着甄珍的手。

甄珍感叹说："你一点儿都没变，我一眼就认出了你。"

邱枫说："你变化太大了，高出去了半个头。"

"咱俩七年没见了，这些年你是怎么过的?"

"被解救出来以后，心里害怕，不敢在家里待着，劳务输出去了泰国，在那里跟一个华侨结了婚，生了一儿一女。知道罪犯都落网了，我才敢回来探亲。法庭要我作为证人出庭，我答应了。我回来还有一个重要的原因，就是想见见你。"

"我也想见你。"

邱枫笑着说："这跟七年前咱俩约定的，以后谁也不见谁，完全相反啊。"

甄珍说："那个时候，咱俩心里都揣着一个'怕'字，现在罪犯面临审判，咱们没啥可怕的了。"

"明天的审判，四个罪犯都出庭?"

"吉大顺得了癌症，一个月前死在监狱的医院里了。"

邱枫眼睛盯在甄珍的脸上，说："甄珍，我从心里把你看作最亲的亲人。没有你的冒死相救，我活不到今天。"

"姐，咱俩是互救。你不把我驮到窗台上，我怎么可能从那么高的地方钻出去?"

"过去的十几年，我算是白活了。好逸恶劳给我带来了塌天之祸，还连带着伤害了你。"

"任何事情都有正反两面，不经历那场磨难，我也不会当警察，也不可能亲手抓住杀人犯，为百姓除害。"

两人说啊，聊啊，转眼间天就黑了。甄珍和邱枫手挽着手，在路灯下慢慢地走着。甄珍把邱枫送到宾馆门口，邱枫说："上来坐一会儿吧。"

甄珍摇摇头说："不了，明天你还要出庭，早点睡吧。"

开庭审判的时候，刘亮夫妻、邱枫、邱枫的弟弟、吉雅、甄珍和她的父母都坐在旁听席里，黄老琪、张凤慈也在座。

邓立钢、石毕和宋红玉同时被押了上来，戴着刑具坐在审判席上。邓立钢和宋红玉用眼神做着交流。石毕耷拉着脑袋，瘫坐在椅子上，如同行尸走肉。

邱枫作为证人上去，字字血，声声泪，控诉杀人魔王的罪行。

"被关押的日子里，我被反绑双手双脚，不让睡觉，不让吃饭喝水，稍不对心思，宋红玉就骑在我身上，用胳膊肘撞我的心口。她怕疼，从来不用手打人，用针扎，用饭铲子扇人耳光。"

邱枫撩起额发，让在场的人看她脑袋上被打塌陷了的坑。

"这个坑是宋红玉用榔头凿的，刚结了痂又被她打裂开。看我血流不止，她揪着我的头发用自来水冲。我刚说了一句凉，邓立钢冲过来，狠踹了我一脚说，再嚷嚷，他烧一锅开水活活烫死我！"

宋红玉垂着眼皮一声不响。

邓立钢抬起头，看着邱枫咬着牙根说："当时怎么没整死你？"

邱枫硬挺着，没让自己瘫软下来，甄珍用目光鼓励着邱枫。

邱枫声音颤抖着说："老天有眼，现在轮到我，看着你怎么被整死了。"

邱枫的弟弟恨恨地说："枪毙一次都不够。"

黄老琪横了邱枫弟弟一眼，邱枫弟弟大声说："看什么看，你们家属也没有好东西。"

黄老琪回骂："别看老子瘸着一条腿，照样能整死你。"

"老不死的，有种咱们外面见。"邱枫弟弟毫不示弱。

黄老琪说："你要是不出来，就是狗娘养的。"

法庭一片混乱，邓立钢嘴角露出微笑，黄老琪的愤怒让他心里平衡了。

甄珍把黄老琪带出法庭，我追了出来说："把他交给我吧。"

我拦了一辆出租车，塞给司机二十块钱。黄老琪上车，冲我伸出大拇哥说："新桥二哥，你这个人讲究，够意思。"

回到法庭，甄珍还在门口等着我。她一脸不满地问我："彭局，你为啥这么纵容这个黄老琪？"

"哪里纵容了？"

"他隔三岔五地来局里找你办事，哪次你都热情接待。"

我说："不违反原则的，我肯定给他办。我得念人家的好，当时如果他不支持我，案情肯定会走很多弯路。他帮着我分析邓家的那些亲戚，有什么社会关系和同学，让我找这个找那个。他给我指的都是捷径，让咱们少了很多周折，这才让案情有了进展。"

甄珍知道我说的都是事实，于是不说话了。

邱枫给法院写了一封信，信里说："滦城绑架案中，宋红玉系团伙主谋，完全可以和邓立钢、石毕、吉大顺相提并论。宋红玉罪恶滔天，馨竹难书。本着有法可依、有法必依、执法必严、违法必究、以事实为依据、以法律为准绳的基本准则，数罪并罚。我强烈要求雪城市中级人民法院判处宋红玉死刑，立即执行。让死者刘欣源和黄莺安息，让受害者安心，方彰显法律的公平！"

邱枫没有得到答复，就要离开雪城了，甄珍到机场给她送行。邱枫问甄珍，判决结果什么时候能下来。甄珍说还有一些受害者的家属没有找到，一时半会儿结不了案。邱枫又问，宋红玉会不会被判死刑？甄珍说，一直没找到黄莺的家属，没有确凿的证据。

邱枫愤愤地说："咱俩被囚禁的时候，她亲口说杀过人。"

"宋红玉说，那是想吓唬咱们俩讲的故事，她根本就没杀过人。"

"一定要让她偿命，不然黄莺就白死了。"

"不会有人白死的。防止疑罪从无，诉她杀人要有充足的人证物证，这样才能确保，诉得出去，判得下来。"

邱枫一脸不甘地说："她敢说她没杀过人，我就敢说我没吃过饭。"

甄珍说："姐，你放心，我还在尽全力找受害者家属。只要我活着，一定让宋红玉受到应得的惩罚。"

邱枫停顿了一下，目光停留在甄珍的脸上。

"你干啥这样看我？"甄珍架不住她这样的眼神。

邱枫摸了一下甄珍的头发问："你这么漂亮，没有男人追你吗？"

"那次绑架给我留下巨大的精神创伤，修复至今难以痊愈。我从心里害怕跟男人走得太近。"

"你可以跟熟悉的男人交往啊。"

甄珍笑了笑。

"你笑什么？"

"我基因里有一种东西，能用最快的速度把这种追求关系，转化成哥们儿关系。"

"我跟你说感情，你跟我扯什么基因？"

甄珍心里出现了另一个男人，他一闪而过了。邱枫走后，甄珍又来到了青檀大厦，她乘滚动电梯下到地下一层。电梯对面的柜台里，依旧摆着那艘木质的大邮轮。这次她意外地看到了这个店的主人，他脸冲里坐在柜台里。甄珍站在柜台前，一动不动地看着那个背影。店主察觉到了，转过身来，他真的是杜仲。

"看中什么了？"杜仲的语气轻柔温和。

甄珍没有说话，杜仲觉得诧异，凝神看着她。甄珍微笑着，杜仲不敢相认，迟疑说："你是……"

甄珍点点头："我是。"

杜仲的眼睛立刻亮了："甄珍吗？"

甄珍微笑着点头："是我。"

"这可太稀罕了，你什么时候回雪城的？"杜仲笑得露出满口整齐的白牙。

"你知道我离开雪城了？"

"你妈来这里找过我，是你那个同学告诉她的。你们家搬到外地去，也是你那个同学告诉我的。你跟她有联系吗？"

甄珍摇头："这艘船是你做的？"

杜仲点点头。

"做了多长时间？"

"三年。上学的时候，学过一篇古文《核舟记》，我就有一个想法，也做这么一艘船。"

甄珍从口袋里掏出来那个被揉搓得油光锃亮的核桃，问道："还记得这个吗？"

杜仲接过核桃看了看，说："刀工这么幼稚，你还留着？"

"一直在我的口袋里揣着。"

杜仲想了想说："七年了。"

"是。"

"你在哪儿上班？"

"公安局。"

杜仲吃了一惊，手机响了，他接电话："嗯，什么？哪家医院？我马上过去。"杜仲挂了电话，对甄珍说："对不起，我儿子发高烧。"

杜仲关了店铺门，跑了出去，跑了几步他又跑回来说："有事一定来这儿找我。"

甄珍看着杜仲乘坐电梯升了上去，她把那颗核桃重新放回到衣服口袋里。从那以后，她不再去那家店，也不再去看那艘邮轮了。

邓立钢和石毕最终被判了死刑，宋红玉被判了无期徒刑。邓立钢、石毕、宋红玉不停地上诉，上诉被驳回；他们往更高级别的司法部门上诉，再次被驳回，折腾了整整五年，最终维持原判。

石毕在监狱里吃了睡，睡了吃，养得圆润白胖，面容慈祥。接到判决书，他长长地舒了一口气说："我活着就是行尸走肉。吃，浪费粮食；睡，浪费地方。早点掐了我这口气，于己于人都方便了。"

我问："记者要采访你，你接受吗？"

石毕摇头说："对不起，我就不接受采访了。活到这个份上，还有啥好说的？真的没啥说的了，拿我的人生经历好好给后人提个醒吧。"

"有啥跟我说的吗？"

"明人不说暗话，如果五年前没有抓住我，我还会作案。幸好被你们抓了，消除了这个隐患。"

"上诉再次被驳回了，你有什么想法？"

"已经多活了五年，不能再贪得无厌了。我这人，看重尊严。经历得多了，心理素质也够用，我会平静对待。"

"不想见什么人吗？"

石毕摇头："我跟这个世界上的任何人，都没有关系了。"

宋红玉的反应非常激烈，她困兽一样吼叫着，在牢房里徘徊着，用拳头敲打着墙壁，用脑袋撞墙。

邓立钢接到最后的判决，呆坐在监舍里一言不发，他的性格管教用了五年的时间都没有摸透。不知道是巧合，还是天意。邓立钢他们被捕的那天，是2011年11月3日，执行死刑的日期定在2016年的11月3日。我说过"三"这个数字是邓立钢的吉祥数字，还真的应了。

死刑执行的前一天，黄老琪代表家属去监牢见邓立钢最后一面。五年的牢狱生活捂白了邓立钢的皮肤，他毛发乌黑，没有一根白头发。黄老琪打开熟食的包装让邓立钢吃，他吃东西时完全没有我审他那会儿嚣张。

邓立钢跟黄老琪说的第一句话是"我冤枉"，黄老琪抬起眼睛看着他说："你有啥冤枉的。你是我表弟，从小我看着你长大。你不是一个善茬子，从嘴到手，你哪样亏都不吃。'冤枉'这个词，真不是给你准备的。你说你杀了那么多人，够政府枪毙你多少次了？才判你一回死刑，你还吵吵啥？"

邓立钢低下头，不说话了。

黄老琪问："我这么说，你心里不好受吧？"

邓立钢用手背在眼睛处抹了一下，声音低沉地说："哥，这是咱俩这辈子见的最后一面，你说我能好受吗？"

"你在里面没受罪，你妈月月两千三千的，让我给你往大账上存钱。"

"我不能给我妈尽孝了。"

"你妈是我亲姨，我不能不管她。"

邓立钢吃不下去了，他放下了手里的红肠说："我昨天晚上做了一个梦，梦见我在足疗馆的走廊里走，彭兆林拿枪追我，我拼命往外跑。我跑到哪儿，哪儿的栅板就拉下来，四周全都黑了，一丝光亮都没了。地面突然软了，我站都站不住，下面有吸力使劲往下拽我。我被活活憋醒了。你说，这个梦是不是预示着天塌地陷？"

黄老琪叹了一口气说："兄弟，明天就是你的大限，还用预示吗？"

狱警进来说："时间到了。"

黄老琪站起身说："明天我过来送你。"

邓立钢语气中没有了波澜，他一脸肃穆："哥，你也走好，以后没有机会再见面了。"

黄老琪走到门口，回过头看着邓立钢说："明天稳当点走，看着前面的路。"

邓立钢冲他点了一下头。

晚上记者采访，邓立钢拒不接受，他的态度非常强硬。

得知邓立钢第二天要被执行死刑了，女监的管教找两个人看着宋红玉。宋红玉走到哪儿，她们就跟到哪儿。宋红玉从她们反常的举动里，猜出来即将发生的事情。

宋红玉问管教："是不是邓立钢要被执行了？"管教看着她不回答。

"上诉被驳回了，执行是早晚的事，你不用瞒我。是就点一下头，夫妻一场，让我祭奠一下他。"

管教安慰说："不要多想，好好干你的活儿。"

监视里，女犯们各自干着手里的活，只有宋红玉泥胎似的一动不动地坐着。她的一只手在铺上反复写着一个囚字，自言自语地说："为啥把'人'字放在四堵墙里？"

突然，宋红玉喊了起来："我不要在四堵墙里，我要出去！"

管教进来，要宋红玉住口，她两眼通红，不再叫喊。

夜深了，邓立钢看着那张打印出来的儿子的照片。眼圈红了，他硬是把眼泪憋了回去。

女舍头坐在铺上，用扑克牌给自己算命，牌一张一张翻过来，紧锁的眉头一下子展开。她说："大吉大利，我马上就要出去了！"

女犯们立刻围上来，让舍头帮忙给自己算算。

宋红玉披头散发地缩在角落里，无声地哭起来。女犯劝她："想开点，别折磨自己。"

宋红玉心里的愤懑发泄不出来，拿起来监舍发的笔记本，一页纸一页纸撕下来，又一条一条撕碎。女诈骗犯受不了撕纸的声音，叫道："你能不能不撕了？"

宋红玉不听，继续撕。女诈骗犯过来，抢宋红玉手里的笔记本。宋红玉揪住她的脖领子，两人厮打成一团。管教进来用手铐把她俩分别铐起来。宋红玉周身无力，瘫坐在地上，她声音嘶哑，两眼红肿。

管教蹲在一边，做她的思想工作。

宋红玉抽泣着说："我活着，本来为了给家里还债。有了孩子以后，又把命押在孩子身上。我不能死，我要是也死了，我儿子爸和妈就都没了。"

石毕脱下外套和裤子，叠好放在枕头边上。他躺下盖好被子，很快就睡着了。

狱警不时走过来拉开监视窗往里面看，邓立钢盘腿坐在铺上，泥塑一样，两眼盯着对面墙壁。

雪花飞舞，街上行人和车辆跟往常一样川流不息。

一大早，我就来到行刑现场，看着邓立钢和石毕被押出来执行死刑，黄老琪也准时到了。石毕戴着手铐脚镣被狱警押解着走出监狱，阳光晃得他眯起了眼睛。四个犯人用轮椅把戴着手铐脚镣的邓立钢推了出来，他耷拉着脑袋，瘫软在轮椅上。

我吃了一惊，问："邓立钢怎么回事？"

监狱负责人说："说来也奇怪，他身上的那股狠劲儿说没就没了，他中气下泄，别说走路，站都站不起来了。"

黄老琪既吃惊又生气，骂道："挺刚性一个人，一夜间咋尿成这个熊样了？"

指挥执行的审判人员对石毕和邓立钢验明正身，押上了执行车。狱警把邓立钢和石毕按在执行床上躺下，手脚固定住。执行人员连接好心率检测仪，检测仪显示石毕心率正常，邓立钢心跳加速。死刑开始执行，药剂注射进他们的静脉，两个检测仪上的心脏波纹全部拉成直线。邓立钢和石毕罪恶的人生彻底结束了。

2002年碧水家园碎尸案发案，2016年邓立钢被处决，整整十四年。我从一个三十岁的小伙子，变成了四十四岁的中年人。

25

雪城的雪，铺天盖地无声地下着。窗外白茫茫一片，房间内温暖如春，窗台上蟹爪兰怒放。恰逢冬至，我在家休息，程果安排我在厨房里剁肉馅。

听见老婆从外面采购回来了，我两只手拎着两把菜刀，走到厨房门口，一脚门外一脚门里站着往外看。

程果把装满了蔬菜水果的小拉车拎进了屋，她皱着眉头问我："你是剁馅呢，还是劈菜板呢？"

我放下菜刀，把她手里的小拉车拎进了厨房，问：

"买这么多东西干啥？"

"冬至，包饺子，炖鸡汤，我再红烧一条鱼。"

"不是光吃饺子吗？怎么又改主意了？吃得了吗？要不，我把我那帮弟兄叫来？"

"停！甄珍给我打电话，说一会儿来，这是我给她买的。"

"她回来了？"

"嗯。"

说曹操，曹操到。门铃响过后，甄珍和乔志满面笑容地走进来。

这可太出乎我的意料了，我叫了起来："哎哟，乔志！稀客啊！什么时候来雪城的？怎么也不告诉我一声？"

乔志说："我们下了火车，就奔这儿来了。"

程果觉得"我们"这个词里面有事，意味深长地扫了甄珍一眼。

乔志说："我调了一下休，陪着甄珍出了一趟远差，掘地三尺，找到了她想找的人。"

程果说："坐下，边吃边聊。"

酒菜摆上桌，彭程挨着甄珍坐，不停地给他老师往碗里夹菜。

我喝了一口啤酒，要甄珍聊聊，她这一趟到底干什么去了。

甄珍说："黄莺留下的那个银手镯，是手工打造的，材质和款式有浓郁的少数民族特点。我多处走访，经过细致调查，知道傣族妇女喜欢戴这样的手镯，我决定去趟云南。"

乔志补充说："我是主动要求跟她一起去的。我们去了云南德宏，经人介绍，我们找到了那里最有名的老银匠。"

老银匠八十多岁了，皮肤黧黑，一脸的皱纹。甄珍掏出那个银镯子给老银匠看，老银匠拿起手镯，只看了一眼就说："这个手镯是我做的，一共做了两个。"

"你还记得卖给谁了吗？"甄珍克制着自己的激动。

老银匠说："没卖，这是我给自己喜欢的女人做的，亲手送给了她。她没嫁给我，嫁给了别人。"

"那个女人叫什么？"

"岩香，住十里外的镇子里。去年死了，你见不到她了。"

"她有儿女吗？"

"有。"

甄珍和乔志到了十里外的镇子上，边走边跟人打听。他们找到了一家鲜花饼店，有个叫玉娇的女人正在揉面，听到有人找，抬起头往门外看。甄珍看到她的相貌吃了一惊，差点叫出声来。这张脸跟局里留档的黄莺的照片可以说是一模一样。只是玉娇脸上，有了些许岁月的痕迹。

甄珍努力控制着情绪，掏出来银手镯给玉娇看："你认识这个手镯吗？"

玉娇拿过那个手镯，吃惊地瞪大了眼睛说："这是我家的东西，怎么在你们手里。"

甄珍问："你确定是你家的东西？"

玉娇挽起袖子，露出来一个一模一样的手镯，说："这是我奶奶出嫁的时候，从娘家带出来的一对手镯，我跟我姐姐十八岁的时候，奶奶送给了我俩。"

甄珍掏出手机，给玉娇看黄莺的照片："她是你姐姐吗？"

玉娇点点头："是我姐姐，她叫玉满，我俩是双胞胎。"

"玉满就是黄莺。2002年，黄莺跟着一个马来西亚人离开了德宏。父母一直以为，她嫁给了这个男人，生儿育女了，没有机会回国探家。没想到可怜的黄莺，已经离开人世十几年了，而且死得这样惨。"

乔志说："玉娇三天后就到雪城来了，她会积极配合警方的调查工作。"

"为这个，咱们得喝一杯。"我举起了酒杯。

彭程也凑热闹，用饮料跟大家碰杯。

我说："抓紧时间做DNA检测，如果跟碧水家园那副内脏的DNA高度重合，玉娇就能以死者家属的身份，对宋红玉杀人案重新提起诉讼。"

甄珍说："这口气，一直憋在我的心里这么多年，总算可以吐出来了。"

程果问乔志："你家是哪儿的？"

"河北承德。"

"第一次来雪城吧？"

"是。"

"冷吧。"

"我不怕冷。"

我问："喜欢我们雪城吗？"

"喜欢啊！"

我说："那就调到这里来吧。"

乔志看了一眼甄珍，问我："雪城要我吗？"

我说："要，这么能干的人才，必须要！"

程果看甄珍，那丫头含笑不语。

服刑的女犯们坐在监舍里打毛衣、钉扣子、绣花，努力完成着自己的工作量，宋红玉闷头织着毛衣。

身边的女犯小声问："你天天一言不发，头也不抬地干活，为的是啥？"

宋红玉小声回答："努力改造，盼着无期变有期。一年一年地往下减刑，盼着早日跟我儿子团聚。"

哐啷一声铁门响，女看守走进来，说："宋红玉，有人来看你。"

宋红玉一愣问："谁？"

女看守摇头，表示不清楚。

宋红玉坐在接待室里，隔着玻璃往外看。她看到两个女人走进来，宋红玉认出来，走在前面的是亲手抓捕她的女刑警甄珍。可以说，这个世界上她最恨的女人就是她了。另外一个女人身材不高，被甄珍遮挡在身后，看不清她的模样。走到探视窗前，那个女人从甄珍身后闪身出来。宋红玉顿时惊出了一身的冷汗，这个女人长得跟黄莺一模一样，穿着被绑架时的那一身衣裳。

宋红玉内心再强大，也惧怕被冤魂缠住自己。她方寸大乱，浑身颤抖，大声喊起来："不可能！不可能！你已经死了！"

玉娇说："我没死！"

"你死了！碎肉都冲进下水道了。"宋红玉喊起来。

玉娇语气平静地说："你杀的不是我。"

宋红玉崩溃了，歇斯底里般地号叫起来："你他妈的还嘴硬，我杀的就是你！"

女看守进来把宋红玉死死按住。

甄珍说："你终于承认杀人了。她不是黄莺，她是黄莺的孪生妹妹玉娇。她已经找了律师，对你以杀人罪发起了刑事诉讼，你的案件要重新审理。"

宋红玉脑袋里面嗡的一声闷响，眼前黑了。

2021年11月13日　星期六

第二稿